Orphée

Drame en trois actes

par Imago des Framboisiers

à Kawthar, Sans qui cet oiseau de lumière n'aurait pas vu le jour

« J'aime le souvenir de ces époques nues, dont Phoebus se plaisait à dorer les statues, alors l'homme et la femme en leur agilité jouissaient sans mensonge et sans anxiété, et le ciel amoureux leur caressant l'échine, exerçait la santé de leur noble machine. »

BAUDELAIRE

Pièce pour trois comédiennes et un comédien.

Il est également possible de faire jouer davantage de comédiennes en attribuant jusqu'à un rôle par personne.

LISTE DES PERSONNAGES (par ordre d'apparition)

HIPPOLYTE, *prétendante d'Orphée, future Bacchante*

RÉGLIS, *autre prétendante d'Orphée, future Bacchante*

ORPHÉE, *poète*

SAPPHÔ, *poétesse*

VÉNUS, *déesse de la beauté et de l'amour*

EURYDICE, *cueilleuse*

LES OMBRES : Formes corporelles, nues ou peintes, ou vaporeuses.

LA MAÎTRESSE DES BACCHANTES, Urecydie

PROLOGUE

Sapphô entre, portant sa lyre.

Sapphô.

Venez, et prenez place,
Venez, vous entendrez
Le poète de Thrace,
Le malheureux Orphée.
Celui qui fut si cher
À mes douces compagnes,
Mon ami dont la chair
Disparut sous les pagnes
De trois femmes blessées.
Vous savez, damoiseau,
Vous aussi, demoiselle
Au jeune et frais visage,
Comme de doux mirages
Peuvent ruiner la vie.
Et vous qui êtes sage,
Souple comme un roseau,
Pliant sans jamais rompre,
Vous mettez votre zèle
À marier rêve et vie.
Orphée n'était point sage,
Il n'avait pas envie.
Ce qu'on dit idéal
Il l'appelle la vie.
Il voulait une femme
Aussi folle que lui,
Une fille dont l'âme
Brille et jamais ne fuit.
Existait-elle alors ?
Est-elle parmi vous ?
Tout cela je l'ignore,
N'en sais pas plus que vous.
Mais un peu de distance
Me fait dire aujourd'hui
Qu'elle se nomme constance.

(Elle sort)

ACTE 1

Scène 1
Hippolyte, Réglis

Elles entrent toutes deux, avec leurs armes, Hippolyte a la démarche agressive, elle est très en colère.

Hippolyte. A t-on jamais vu un benêt pareil ? Existe t-il au monde une vierge plus effarouchée que celui-là ? Orphée, poète à peau de marbre, poète en peau de lapin, qui protège sa guigne comme une pucelle son trésor si précieux !

Réglis. Enfin, quel affront t'a t-il fait ?

Hippolyte. Il a mit sa lyre entre ma main et sa chasteté ! Si j'avais été un homme, crois-moi, un tel outrage me l'aurait fait déculotter sur le champ et, consentement ou non...

Réglis. Alors il est heureux, fille de Mars, que tu ne sois pas un homme ! Car tu n'aurais été qu'une bête féroce. Avoue plus simplement que tu n'avais pas la force pour tes entreprises, et que cet homme, si doux et si inoffensif qu'il soit, fait bien une fois et demi ta largeur d'épaules, pèse, à proprement parler, au moins soixante-dix kilos et que ses bras, bien que qu'ils ne soient pas faits pour la lutte ou le disque, t'auraient arrêtée et retournée contre l'arbre où tu voulais faire ton affaire.

Hippolyte. Mais le corps des femmes, s'il est faible en apparence, est bien plus endurant. Ce qui nous manque en force, nous l'avons en résistance et en longévité. Si la nature a fait de nous des enceintes, c'est pour enfermer les hommes, et non pour supporter des sièges où nos portes doivent toujours céder. Mais quand nos portes s'ouvrent, heureuses d'accueillir un homme mieux que les autres, celui que nous voulons, comment pourrait-il, l'orgueilleux, refuser d'avancer ? Et si cependant, il hésite, parce qu'il a une âme d'enfant, et que nous renonçons à toute pudeur pour aller chercher, nous mêmes, notre satisfaction, ose t-il encore dire non ? Quand le serpent est attrapé par la queue, il siffle et se dresse, prêt à répliquer ! Il ne s'échappe pas, comme un vil ver de terre, nous glissant entre les doigts ! Le lâche ! Mais cet affront sera le dernier, et je trouverai bien, s'il ne me cède pas, un moyen de lui faire regretter d'avoir dédaigné mon terrier pour l'herbe chaude et puante de la forêt vierge !

Réglis. Cependant n'oublie pas, Hippolyte, que je suis en embuscade. Et que si Orphée te dédaigne, bien que je sois ton amie, je n'hésiterai pas à le prendre moi-même.

Hippolyte. Je le sais, Réglis, mais par quel moyen imagines-tu réussir là où j'ai échoué ?

Réglis. Par la douceur et la patience. Je flatterai sa vanité et me loverai, comme un petit chat, contre lui. Ainsi il s'habituera à ma peau et à mon odeur, à mes regards et à mes compliments. Et lorsqu'il ne pourra plus se passer de moi, me demandera mon avis sur tout, ne verra que par mes yeux et ne respirera plus que mes cheveux et mon corps, j'attaquerai. Et je suis sûre de réussir. Le poète est sensoriel, il fait confiance à son nez, à ses oreilles et à ses yeux. Si ceux-ci lui disent que je suis une sainte, alors j'en serai une.

Hippolyte. Que les dieux t'entendent ! Mais le voici qui vient.

Scène 2

Hippolyte, Réglis, Orphée

Hippolyte. Orphée, viens-tu ici chercher l'inspiration ? Si c'est le cas, tu as tout ce qu'il te faut.

Orphée. Tu es encore en colère pour tout à l'heure.

Hippolyte. Non, je t'assure, tout cela est oublié. N'en parlons plus.

Orphée. Sapphô est-elle ici ?

Hippolyte. Pourquoi les poètes ne cherchent-ils que leurs semblables ? Vous finirez par vous enfermer dans une tour d'ivoire, et dans deux mille ans, plus personne ne vous lira ni ne vous écoutera. Célébrez donc les femmes du concret, celles dont les mains...

Orphée. Pardonne-moi, Hippolyte. Si je cherche Sapphô, ce n'est pas pour lui réserver un poème mais pour lui confier une souffrance qui grandit dans mon coeur.

Hippolyte. Confie-toi à moi.

Orphée. Je ne peux pas. Comprends-moi, Hippolyte. Il s'agit d'une femme, une femme d'un rêve familier. Toutes les nuits, je la retrouve, dans les bras de Morphée. *(Les deux femmes semblent effarées)*

La brune aux yeux de feu, la rousse aux cheveux d'air,
La blonde au visaj'd'eau, la noire aux seins de terre,
Tout ce que la nature a de plus précieux
Se déchaîne et s'enfuit dans l'air licencieux
D'une douce musique.

Cette femme que j'aime,
Qui n'est jamais la même,
Cette femme mystique,
Sous ses mille visages,
Me caresse et me tue,
M'embrasse et m'assassine.

Une femme féline apparaît en mirage,
Se jette sur mon corps, ce démon de vertu.
Je devine qu'un jour ma chair sera festin
Et qu'un crime d'amour scellera mon destin.
Mes yeux bleus serviront d'olives exotiques,
Pour combler un sauvage aux désirs fantastiques.
Mais cette femme enfin, cette femme idéale
N'existe qu'en mon rêve et c'est pourquoi toujours
Je me refuse à vous pour les choses d'amour,
Ne vous exposant point à mon désir vandale.

Hippolyte. Allons bon ! Pour te plaire il faudrait donc te dévorer ?... *(elle rit)* eh bien, je te laisse, poète de mon coeur, mais je suis là, dans la forêt, et si tu viens à devenir mon gibier, mets-toi à courir nu par ici, je surgirai des bosquets pour mordre dans ton grand corps ! *(Elle sort)*

Réglis. Quel mal y a t-il à jouir de la chair l'un de l'autre ? Et n'est-ce pas ce que font tous les gens ?

Orphée. Ils le font et ils ont en sont heureux. C'est bien. Mais pour moi, ce n'est pas ce qu'il me faut. Et je ne causerais que malheur si je cédais.

Réglis. Mais que crains-tu...? Tu sais, nous ne sommes pas des filles de bonne famille, nous n'avons pas de fortune ni de virginité à protéger, et tu peux, sans crainte aucune, prendre ton plaisir et nous le nôtre, sans que, jamais, tu aies à en subir les conséquences...

Orphée. Ah Réglis, laisse-moi, s'il te plaît ! Pourquoi ne pas me faire confiance quand je te dis que c'est impossible ? Voudriez-vous avoir un homme mort sur vous ? Un homme privé de son âme, qui ne peut dire que des poèmes pour parler de ce qu'il n'a plus ! Crois-tu donc vraiment que le plaisir des sens vient du choc de la chair contre la chair ? Non, c'est de l'âme qui s'incarne dans nos chairs, c'est de l'esprit, de cette substance diffuse et complexe dont nous dégoulinons lorsque nous faisons l'amour. C'est elle qui, lorsque tu t'étends lascivement sur le dos, vient pousser nos corps l'un dans l'autre et produit, sans cesse, des étincelles. C'est elle qui s'agite lorsque tes jolies fesses rondes se cambrent pour attirer les plaisirs... c'est toujours elle qui envoûte la nuit le coeur des poétesses et qui les pousse à sortir de chez elles pour trouver des jolies femmes et des jeunes hommes. C'est elle qui s'épuise dans l'acte et qui se revigore à chaque cri... l'âme ! Entremetteuse de tous les plaisirs, unique jouisseuse d'un corps trop vaniteux. Sans elle, nos corps sont des copeaux de bois mort.

Réglis. Orphée. Prends-nous toutes les deux. Et si tu as abusé de tout, que notre équipe de chaudes âmes te remette sur pied.

(Orphée soupire, et s'assoit)

Très bien. Si les plaisirs les plus secrets, les jouissances les plus interdites n'ont pas d'effet sur ton coeur de pierre et ton corps de mollusque, alors, puisses-tu être dévoré, comme tu le rêves, par un troupeau de bêtes féroces ! Et leurs dents, j'espère, pénétreront assez profond pour toucher ce qui te reste de sensualité ! *(Elle sort)*

Scène 3
Orphée, Sapphô

Entre Sapphô, qui croise Réglis. Elle a un petit sourire et s'approche d'Orphée, elle se met sur un genou et lui touche l'épaule.

Sapphô. Encore une femme qu'il t'a fallu refuser ?

Orphée. Très amusant.

Sapphô. Si la mélancolie ne me charmait pas autant, je dirais que tu ne vois pas ta chance.

Orphée. Quelle chance veux-tu que je saisisse quand mon coeur affamé cherche l'éternité ? L'éternité n'est pas une chance. Tout au plus une malédiction pour celui qui la cherche.

Sapphô. Je voudrais bien parler avec toi mais nos conversations n'ont aucun sens, à chaque fois que tu me parles, je me retrouve à plonger dans le prosaïsme le plus vulgaire. Laisse-moi la place de m'exprimer, si tu prends l'éternité, qu'est-ce qu'il me reste ?

Orphée. Il te reste la vie et les plaisirs. Il te reste les chances.

Sapphô. Je sens pointer ton mépris, c'est lui qui te fait mal.

Orphée. Pour ce qui est des femmes, tu les prends toutes et moi aucune, nous sommes quittes.

Sapphô. Jaloux ?

Orphée. Amoureux.

Sapphô. D'une de mes compagnes ?

Orphée. D'un rêve.

Sapphô. Alors va faire une sieste, tu le retrouveras.

Orphée. Je suis immobile quand je dors, mais je suis mort quand je suis éveillé.

Sapphô. Toi, tu as besoin de vin et d'un bon déjeuner. *(Elle va chercher un panier)*

Orphée. Sapphô...

Sapphô. Depuis combien de temps tu ne manges pas, poète évanescent ?

Orphée. Deux jours.

Sapphô. Et il me dit qu'il est affamé ! Non, ne dis rien, ne te cache pas sous une de ces métaphores dont je connais tous les secrets. Mange ceci. *(Elle lui donne du pain et une pomme)*

Orphée. Merci.

Sapphô. Mais mange donc ! Tu es pire que ma petite Alcmène qui, pour avoir la silhouette d'un papillon dans sa robe ne mange pas pendant des jours ! D'autant que c'est inutile, tu es loin d'être maigre. Alors nourris-le, ce corps que tu méprises ! J'ai beau être poétesse, je ne sens pas le besoin de me placer sous le signe de la malédiction ou de me flageller comme si je commettais un crime en faisant des vers. Tu sais, parfois, j'ai l'impression que nous sommes les deux faces d'une même pièce, comme la vie et la mort.

Orphée. J'ai déjà pensé à la mort, elle ne résoudrait rien, elle ne serait qu'une fuite.

Sapphô. Puisqu'il te faut de la beauté et que les femmes qui te tournent autour ne satisfont pas tes envies, il faut que tu vois la maîtresse de toutes les belles choses. Je parle de Vénus, celle qui sur un trône aux mille couleurs voit tout et entend tout des choses de l'amour. Il te faut la voir.

Ô Vénus, ruisselante, sors des flots en ce jour,
Réponds, suave déesse, à mon hymne d'amour,
Laisse ta poétesse enchanter tes atours.
Reine aux mille couleurs, écoute ce blâmé,
Qui fait mille douleurs à un coeur bien-aimé,
Pose sur sa pâleur ton regard enflammé,
Toi pour qui la passion ne déclare aucun blâme,
Qu'un écrit polisson fait effet sur ton âme,
Repêche ce poisson qui rêve d'une femme,
Plonge en lui, dans son eau, sois de ces visiteuses,
Qui mettent sur le dos les pucelles précieuses,
Au moyen d'un rondeau aux formes délicieuses.

Nage tant qu'il acquiesce et dépose, ô doriade,
Ta couronne de liesse sur sa tête malade ;
Comme oncle aima sa nièce et femme sa tribade,
Même à l'amour malsain, son coeur tout en attente
Cèdera sous ton sein. Sous la caresse lente
De tes doigts assassins va s'ouvrir une fente.
Cet abîme infernal, délicieuse blessure
Sera ouverte au mal comme une flétrissure
Où bientôt le plaisir versera son eau pure.
N'attends pas pour aimer, ces envies délictueuses
Ne pourront que t'armer contre les vicieuses
Qui veulent t'animer de pensées licencieuses.
Ô ma Vénus aimante, sois sensible à mon charme
Car je suis ta servante et mes mots sont une arme
Pour ta cause excellente, ô, embrasse mes larmes.

Scène 4
Orphée, Sapphô, Vénus

À ces mots, la déesse de l'Amour, Vénus, apparaît au fond de la scène. Elle est habillée de voiles blancs transparents et exécute une danse de l'amour. Il y a comme une attente dans le regard d'Orphée, comme un enfant qui regarde le ciel pour y retrouver un nuage particulier. La danse de Vénus raconte toutes les formes d'amour, de la plus modeste à la plus sauvage. Sapphô est en prière et la déesse, à la fin de sa danse, vient l'embrasser sur l'oeil.

Vénus. Tu m'as appelée, poétesse. Je suis là, quel est ton désir ? Tu sais que je l'accomplirai. Que pourrais-je te refuser, à toi, Sapphô, qui me fit découvrir ces plaisirs si secrets dont je frémis encore ? Sans tes chants, je les ignorerais, il seraient restés dans l'ombre des chauds foyers du gynécée. Parle, et je ferai ton bonheur.

Sapphô. Toute-puissante et splendide déesse, si je t'ai invoquée aujourd'hui, c'est pour mon cher ami Orphée. Tu le vois, lourd de sa mélancolie, assis parmi ces arbres. Son malheur est extrême car il refuse, une à une, les prétendantes qui s'offrent à lui. Je ne sais ce qu'il cherche et lui-même a peine à me décrire la perfection à laquelle il aspire. Pourrais-tu le guérir, le ramener à l'amour ?

Vénus. Je le ferai. L'amour et l'immortalité s'accommodent mal l'une de l'autre, et cependant, tu les voies réunies en moi. Orphée, ne cherche pas l'éternel dans l'exaltation des corps, ce frisson périssable de votre espèce qui trouve son délice dans son commencement comme dans son achèvement. L'amour éternel n'est que dans la poésie.

Orphée. Alors que ma chair, à la poésie, soit sacrifiée.

Vénus. Il en sera ainsi, car tel est ton destin. En attendant, tu rencontreras une femme qui te fera voir l'amour tel qu'il t'est à présent odieux. Cependant tu l'aimeras, car telle est ma volonté et telle est la volonté du coeur des hommes, nés pour se reproduire et non pour durer. Cette idole de chair, un jour, te demandera de choisir entre la lumière et l'ombre. En choisissant la lumière, tu deviendras mon égal, en choisissant l'ombre, tu prendras le chemin de l'humanité et de la mort.

Orphée. Je choisis la lumière.

Vénus. C'est parce qu'elle t'éclaire. Dès que j'aurais disparu et que des bras chauds et fragiles viendront se glisser au creux de tes épaules, tumultueux Orphée, tu seras attiré par l'abîme où rugissent les titans. Alors que toute transgression soit permise, et que la perversion, en jouant avec le monde, le rende supportable aux mortels qui le peuplent.

Orphée. Si lointaine est la mort...

Vénus. Qu'il te faut jouir de ton avance. Adieu.

Scène 5
Orphée, Sapphô

La déesse, au son cristallin des instruments, disparaît. Orphée reste les yeux fixes alors que la scène s'assombrit, indiquant l'arrivée de la nuit. Nous sommes à présent au crépuscule.

Orphée. Tu sais, Sapphô, je crois que je ne la trouverai jamais.

Sapphô. Cela ne te suffit pas qu'une déesse te le dise ?

Orphée. Tout ce qu'elle t'a dit s'est donc réalisé ?

Sapphô. A chaque fois que je l'ai appelée, son pouvoir est allé au delà de mes espérances. Je te dis la vérité : te souviens-tu comme j'étais triste quand ma chère Mika m'a refusée ? Je ressentais tellement de désir que chacun de mes membres était en feu et dans mes veines je sentais couler une brûlante liqueur... j'ai appelé à mon aide l'aimable Vénus et dès le lendemain, Mika s'est mise à me dire des mots plus doux que d'ordinaire et peu à peu, mes sourires purent attendre ses sourires et aujourd'hui elle n'a plus peur de se montrer avec moi.

Orphée. Ta chère Mika n'est pas connue pour être très regardante sur ses choix.

Sapphô. Si je la voulais, je pourrais l'avoir.

Orphée. Mais jamais dans ton cercle. De plus, cette femme-là, légère d'esprit et vide de substance est indigne de toi.

Sapphô. Je le sais, Orphée, mais elle est des plus délicates en matière d'amour. Mes poèmes te l'ont assez dit.

Orphée. Ah, qu'elles sont méritoires, toutes ces immortelles !

Sapphô. Je déteste quand tu es comme ça.

Orphée. Et moi, je trouve qu'abandonner ton âme toute nue à la vulgarité, c'est prendre le risque de la salir.

Sapphô. Sa vulgarité n'en fait pas moins une excellente amante ! Et nous ne prenons le temps que de nous aimer.

Orphée. Je préfère aimer une femme qu'un simulacre d'homme.

Sapphô. Je vois que ne ne nous entendrons pas sur ce point... et tu oublies toutes mes charmantes compagnes, qui n'ont pas de leçon de féminité à recevoir.

Orphée. Une symphonie magistrale ne s'embarrasse pas de fausses notes.

Sapphô. Tout aspirant poète est encore parfait avant son premier vers.

Orphée. *(Il sourit)* Certaines ivresses valent mieux que d'autres.

Sapphô. *(Avec malice)* Tu n'as pas touché à ta pomme... *(elle se jette sur lui et le chatouille, sensible, il est obligé de rire)* Qu'est-ce que tu avais à être aussi sombre, toi ? J'ai quand même fait descendre une déesse pour toi, espèce d'ingrat!

Orphée. Pardon, désolé... ah !

(Il réplique et la chatouille aussi, elle pousse un petit cri et se roule plus loin)
Sapphô. Non, tu n'as pas le droit !

(Il va pour continuer mais elle se retourne vivement et le maintient au sol)

J'ai gagné.

Orphée. Sûrement pas ! *(Il va se dégager mais elle lui maintient les bras bien en place)*

Sapphô. Alors ?

Orphée. D'accord, Sapphô, ô toi, reine de Lesbos, je proclame que tu as gagné.

(La nuit tombe tout à fait. On entend un bruit de feuilles)
Sapphô. Reste silencieux... Tu entends ?

Orphée. Ce n'est sûrement qu'une cueilleuse qui se sera perdue...

Sapphô. J'ai un pressentiment funeste. Ne bouge pas, je t'en prie.

Orphée. Qu'essaies-tu de m'empêcher de voir...?

Scène 6
Orphée, Sapphô, Eurydice

Entre les arbres, une robe d'une blancheur de nacre se faufile, elle semble comme née du prolongement des arbres. Elle danse doucement et porte une corbeille chargée de fruits.

Orphée. Mes yeux me trompent sans doute... cette ombre toute blanche, cette lune dans la nuit noire...

Sapphô. Je t'en prie, ne jette pas tes yeux dans sa direction. Ce n'est pas la lune qui dans la nuit éclaire les chemins sinueux, c'est la lune nouvelle, toute noire, qui tourne le dos à la terre et à la vie. La mort en personne danserait ainsi, je t'en prie, Orphée... *(Il parvient à s'extirper et se lève.)*

Orphée. Quelle charmante apparition ! Pour la première fois il n'y a pas un seul vers qui descende des dieux pour dire ce que je vois.

Sapphô. Orphée ! *(Il se retourne)* Ne la suis pas. Il fait nuit, tu ne sais pas où tu vas.

Orphée. J'irai, Sapphô, il faut que je sache.

Sapphô. Puisses-tu rester en vie. *(Elle sort)*

Eurydice danse toujours entre les arbres.

Eurydice.
Mon masque, c'est la nuit.
Sais-je ce que je fuis ?
Mais quelqu'un me regarde,
Me voit entre les arbres.
C'est pourtant impossible,
Car je suis invisible,
Je suis lune nouvelle.
Mais que dit-il ?

Orphée. C'est elle !

(Eurydice, tout en dansant, s'approche peu à peu d'Orphée, elle s'amuse dans sa danse à lui donner des doutes sur le fait qu'elle ne soit peut-être qu'un rêve. Elle s'approche et s'évapore, de temps en temps ramasse une fougère. La nuit devient de plus en plus sombre jusqu'à ce qu'on ne les voit plus.)

ACTE 2

Scène 1
Orphée, Eurydice

(L'aube arrive alors que l'on entend les animaux du jour qui se réveillent. Le poète Orphée est debout, juste derrière Eurydice qui ne le regarde pas dans un premier temps.)

Eurydice. Est-ce ainsi que nous nous sommes rencontrés ?

Orphée. Vous étiez comme sur l'autre rive. Mes mots ne pouvaient plus traverser.

Eurydice. Et derrière mon dos, cette voix, c'était vous ?

Orphée. C'était moi, ma chère Lune, qui attendait votre lumière. Vous laissiez en dansant de la poussière de rêve, et j'ai cru que c'était le mien.

Eurydice. Je vous semblais donc si irréelle ?

Orphée. Si imagée.

Eurydice. Et vous, vous ressembliez à un oiseau de lumière, à un oiseau doré qui vient quand on l'appelle, mais seulement quand il en a vraiment envie. Dites-moi, cher poète, peut-on faire l'amour avec la poésie ?

Orphée. On peut faire de la poésie avec l'amour mais je ne crois pas qu'on puisse faire l'amour avec la poésie.

Eurydice. Vous êtes impardonnable de pessimisme. A cause de vous, je n'ose pas être celle qui pleure parce qu'un bouquet de fleurs se fane.

Orphée. Pardonnez-moi.

(Ils s'allongent contre un arbre et mangent un morceau de pain et des fraises. Eurydice a la tête posée sur le torse d'Orphée)

Eurydice. Et si je fais l'amour avec vous, l'aurais-je fait avec la poésie ?

Orphée. On ne possède pas une reine parce qu'on a joui du corps de son serviteur.

Eurydice. Sauf si ce serviteur est en réalité son amant, n'est-ce pas ? Pensez-vous que la poésie acceptera de vous partager avec moi ?

Orphée. Elle est très orgueilleuse. Et vous, la danse, vous laisse t-elle venir entre mes bras ?

Eurydice. Elle m'y pousse, et j'aime sa libéralité. *(Un temps)* J'ai envie de me blottir contre vous.

Orphée. Pourquoi ne le faites-vous pas ?

Eurydice. J'aurais peur de m'endormir.

Orphée. Mais ce serait doux et charmant.

Eurydice. Mais non, je ne veux pas.

Orphée. Pourquoi donc ?

Eurydice. Parce que lorsque je dors, vous êtes avec moi mais je ne suis pas avec vous. Ou alors, donnez-moi de la poussière de rêve, un rêve dans lequel vous êtes, pour que je reste avec vous.

Orphée. Il fait grand jour. Il vous faut du repos.

Eurydice. Seulement si vous dormez avec moi.

Orphée. J'ai du mal à trouver le sommeil, j'ai toujours l'impression qu'une lumière aveuglante m'empêche de fermer les yeux.

Eurydice. Laissez-moi vous emplir de ma nuit.

(Elle le serre fort contre elle, et il s'endort presque aussitôt)

Mais vous dormez... finalement est-ce moi qui triche ? Comme vous êtes rassurant ainsi ! Je ne suis pas en reste... reste, reste. *(La scène s'assombrit, ils sortent)*

Scène 2
Réglis, Hippolyte

Hippolyte. Ah le traître ! L'impie ! L'homme !

Réglis. Y a t-il quelque chose que nous puissions faire,

Hippolyte, pour retarder ce mariage ? Et qui est cette Eurydice de toute façon ?

Hippolyte. Une petite cueilleuse comme il y a en tant ! Loin de sa famille, qui travaille dur pour survivre ! Elle ramasse ce qu'elle trouve dans la forêt pour le compte d'un vieux grigou qui doit la tenir au chaud l'hiver prochain. Mais celui qui lui tiendra chaud cet hiver... c'est Orphée. Ah, si je l'avais sous la main... je crois que je le mordrai, oui, je le mordrai jusqu'à sentir son sang couler sur mes lèvres.

Réglis. Oui, ce serait un délice aigre-doux... mais ne nous emportons pas. Nous jouirons de sa chair bien assez tôt. Écoute-moi bien, je pense savoir ce que nous pourrions faire.

Hippolyte. Et qu'est-ce que c'est ?

Réglis. Ils se marient, dis-tu, ce soir. Cet après-midi sera la dernière fois qu'Eurydice viendra remplir sa bannette quotidienne de mûres et de myrtilles. Les petites cueilleuses partent à plusieurs, mais afin de se pas se disputer les fruits qu'elles voient presque en même temps, elles se séparent assez vite et laissent une bonne distance entre elles. A ce moment, nous devons agir. Tu viendras la première, sous une cape sombre, assez longue pour dissimuler tes cheveux. Tu prendras une voix grave, rauque, et tu lui diras qu'elle est très belle, que tu voudrais qu'elle s'approche. Elle fuira. Je l'attendrai un peu plus loin et je lui dirai de se cacher avec moi sous cet abri de feuillages. Elle se détendra, je la mettrai en confiance, je la regarderai avec mes yeux ronds et doux, avec mon air d'enfant, comme un serpent qui fascine sa proie avant de l'engloutir... prévenue, tu seras toute proche de notre abri, silencieuse, attendant que vienne ton tour. Tu te jetteras sur elle, comme pour la dévorer, et nous lui ferons sentir, de la manière la plus nette et la plus claire que nous sommes mieux nées qu'elle.

Hippolyte. Ton projet me plaît assez, Réglis... cette petite ribaude deviendra mon jouet, j'en fais le serment.

Réglis. Déchaîne-toi sur elle, ma belle. J'aurai plaisir à regarder.

(Hippolyte sourit et s'éloigne, Réglis la suit, visiblement très satisfaite, elle regarde le public puis elles sortent)

Scène 3
Orphée, Eurydice

Eurydice. Ah venez près de moi, mon cher ange, célébrer notre union toute blanche. Mon image, attendez, un baiser. *(Elle l'embrasse. La musique commence et Eurydice danse)*

Orphée.
Accourez, mes amis, accourez,
Oyez, valentines et narrez,
Valentins, cette joie recouvrée !
Les baigneuses attendent près de l'eau,
Le vin frais et les chants des grelots.
Sentez-vous la licorne au galop ?
Vos désirs, vos soupirs s'entremêlent
Ma chère, cette nuit fut si belle,
Mais était-ce avec lui, avec elle ?
Offrez-vous ces joyeux démentis :
Moi, jamais ! Mon ami, sois gentil,
Donne-moi une fleur pervertie.
Je veux bien, mais si toi, tu me donnes
Un couple d'oeillets, je l'ordonne.
L'oeillet va s'enfuir, n'attend pas.
Amoureux, je vous veux délicieux
Moi, marquise, à guise suis exquise.
Qui des deux désire la surprise ?
Ma chérie, je vous veux dans mes bras,
Enlevez vos mitaines et vos bas
Vos pieds valeureux narguent l'air.
Mais cela vous fait peur, ne pas plaire ?
Penchez-vous, embrassez votre envie,
Le soleil brillera sur nos vies,
Et la pluie nous noiera de délices,
Laisse-moi adorer tous tes vices,
Laisse-moi embrasser ton front lisse.

(Eurydice achève sa danse et Orphée lui embrasse le front. Elle récupère son panier, il lui sourit et va pour sortir, elle vient le serrer dans ses bras puis, après un temps, il sort)

Scène 4
Eurydice, Hippolyte

(Eurydice commence sa cueillette, elle le fait toujours avec grâce, ses mains font d'étranges mouvements.)

Hippolyte. Mademoiselle ? Vous êtes bien la petite Eurydice ? Mon nom est Aristée. Puis-je vous voir de plus près ? Venez, je vous en prie... oh, n'ayez pas peur, je ne vais pas vous mordre...

(Eurydice a plusieurs mouvements de recul, peu à peu, elle commence à se sentir étouffée car Hippolyte croise toujours son chemin, à la fin, elle se met à fuir)

Scène 5
Eurydice, Hippolyte, Réglis

(On aperçoit Réglis paraître, derrière l'abri de feuillages. Eurydice est en train de courir, elle cherche un arbre pour se cacher et elle voit le signe que lui fait Réglis avec un visage angélique, elle va vite dans sa direction et passe sous les feuilles. Réglis, heureuse, sourit. Elle passe sous les feuilles et met ses mains sur ses épaules. Lorsqu'elles sont debout, il est impossible de voir au dessus de leur bassin. Hippolyte s'arrête et se met hors de vue d'Eurydice mais reste proche de l'abri, elle fait en sorte de ralentir sa respiration. Eurydice, au contraire, ne peut s'empêcher de respirer très fort. Réglis appuie alors sur ses épaules pour la faire asseoir. A présent, on peut les voir presque entièrement.)

Réglis. Calme-toi, tu es comme ma grande soeur, tu ne sais pas leur répondre...

Eurydice. On peut nous voir ici...

Réglis. Mais non... c'est un abri naturel, pour nous voir, il faudrait être enterré jusqu'au cou. Par contre, nous, nous voyons tout. Tu n'as rien à craindre.

Eurydice. Merci...

Réglis. Ne me remercie pas. Tu aurais fait la même chose pour moi, n'est-ce pas Eurydice ? Ou peut-être aurais-tu fait autre chose, tu serais venue et tu m'aurais regardée avec dédain...

Eurydice. Non !

Réglis. Ou alors simplement comme un chat. Tu aurais suivi ton chemin et tu aurais attendu que je te suive, un chat, un chat, qu'on entend à peine, qui respire bas, très bas. Tu serais un chat qui se cache dans les bosquets, qu'il faut déloger, ou bien une oiselle, une petite oiselle brune chassée par le chat qui s'étouffe dans son chant. Tu veux que je chante ? Cela te ferait peut-être du bien. Tu m'écouterais, je serais très calme, tu es rassurée, tu attends que je te raconte ce qui se passe. Il n'y a plus personne et tu es toujours là, avec moi, je te regarde, tu n'entends plus que ma voix, ou peut-être un petit tressaillement dans l'air mais tu ne l'entends plus maintenant, tes mains se détendent sur tes hanches, elles se laissent aller. C'est maintenant que tu vois le soleil qui pénètre, le soleil rouge, rouge comme du sang, et ta main, tenant... tenant... maintenant !

(Hippolyte, toute tendue, se jette dans l'abri et attrape Eurydice par derrière la faisant basculer sur elle et lui mettant la main sur la bouche. Réglis, aux anges, lui déchire en deux son vêtement de fine toile, laissant une ouverture large sur sa peau. Elle s'immobilise un instant, relève doucement la tête et laisse se dessiner son sourire le plus large. Sa main semble se rigidifier. Ses deux doigts les plus longs deviennent extraordinairement tendus alors que les autres se replient avec force. Eurydice a du mal à respirer, Hippolyte lui couvre la bouche et maintient solidement son buste, elle utilise ses jambes pour pousser celles d'Eurydice, de chaque côté, laissant un écart. Réglis, alors qu'Eurydice ne bouge presque plus force son intimité avec violence. Eurydice, silencieuse, semble comme une poupée qu'on secoue, tout semble se bloquer dans sa poitrine, elle s'échappe mentalement, le corps étranger n'est là que comme quelque chose qui ne la touche pas, peu à peu elle sort de son corps. Réglis va vite, de plus en plus. Finalement, elle s'agite en trois grands coups et se remet à respirer normalement. Elle retire sa main, toute tachée de sang. Elle est absorbée et ne dit mot. Eurydice est inanimée. Hippolyte devient plus sombre.)

Hippolyte. Elle est morte.

Réglis. Pardon ?

Hippolyte. Morte. Que fait-on ?

Réglis. Elle a été mordue par un serpent.

Hippolyte. Et le sang ?

Réglis. Mal tombée sur la racine d'un arbre, elle cherchait de l'aide car elle saignait.

Hippolyte. Très bien, je m'en vais dire cela à la cité. *(Elle va pour sortir)* Au fait...?

Réglis. J'étais hors de moi.

Hippolyte. Ah...très bien. A bientôt, alors. *(Elle sort)*

Réglis. C'était bon. Je ne comprends pas. C'est abominable ce que j'ai fait. Elle ressemblait à une poupée de chiffon. C'était chaud en elle, si chaud... chaud comme les parois d'une grotte moussue. Ses seins suaient, je la sentais, elle suintait. C'était si relaxant. *(Elle regarde sa main ensanglantée)*

Scène 6
Eurydice, Réglis, Orphée

(Orphée paraît à la lisière de la scène)

Réglis. Orphée !

(Il s'approche, Réglis va vers lui et fait venir ses larmes. Elle pose sa tête contre sa poitrine.)
Il s'est passé quelque chose de terrible...

(Elle lui caresse le visage, laissant une trace rougeoyante sur sa joue. La scène s'assombrit.)

ACTE 3

Scène 1
Orphée, Sapphô

Sapphô. N'avance pas.

Orphée. Ici, ce sont tes limites. Moi, je n'en ai pas. Écarte-toi.

Sapphô. Aucun homme n'obtiendra de moi que je m'écarte.

Orphée. Cela suffit. Ton humour est vain, tu transpires le concret, tu suintes la réalité. Ton monde, c'est la boîte à jouets commune. Laisse-moi passer.

Sapphô. Tu es en train de mettre un masque. Ne cache pas ta peau. Ne la cache pas pour une femme que tu as à peine effleurée. Ta peau est douce, Orphée, tes yeux sont comme le ciel, comme l'horizon sur la mer, comme l'azur infini. Écoute-moi. Je parle ta langue, Orphée, écoute la mienne, ou au moins, écoute mon corps.

Orphée. Tu parles comme un livre, et non comme un poète. Ta main, fatiguée des passions passagères, est engourdie de mille petites morts qui sont autant de mots dans ta bouche. Je ne suis qu'un seul mot, un seul : Eurydice. Et Eurydice n'est plus. Là où je vais la rejoindre, tu ne peux pas me suivre.

Sapphô. Attends. Baignons-nous ensemble. Après tu te décideras. Nous nous sommes toujours baignés ensemble. L'eau va couler doucement entre tes épaules, elle va apaiser ton esprit en caressant ta tête et tes paupières. Tu retrouveras la sensation de tes bras, de tes jambes, de tes cuisses, de tes pieds. Nous jouerons un moment, puis nous nous laisserons flotter en parlant très bas. Ta lourde main si grande et si forte sera comme un roseau couché sur un lit oscillant. Nous serons comme deux sirènes aux couleurs mélodieuses, nos poésies seront autant d'ondées qui peupleront nos rivages. Détends tes joues, libère ta bouche, respire doucement, sens ma main...

Orphée. Arrête.

Sapphô. Tu ne seras plus toi sitôt ce seuil passé.

Orphée. Alors je serai un autre, pourvu que cet autre retrouve Eurydice.

Sapphô. Ta poésie ne sera plus qu'un souffle, tout deviendra factice, tu n'auras plus de corps qui t'appartienne.

Orphée. Mon corps sera à tous. Adieu Sapphô.

Sapphô. Te retourneras-tu pour un baiser ?
(Orphée va se retourner alors que tout devient sombre)

Scène 2
Orphée, Les ombres

Ombre 1. Les étoiles pâlissent et la lune s'efface.

Ombre 3. Des seins glacés me touchent.

Ombre 2. Une force m'enlace.

Ombre 1. Demain, l'heure sera sans fin. Que faire dans tout ce temps ?

Ombre 3. Dans quel sens ?

Orphée. Enfin, cessez, pensées, de tourner sans réponse.

Ombre 1. Mais où est ton poème ?

Ombre 3. Et ces mille visages que tu avais promis ?

Ombre 2. La lumière est fausse.

Ombre 3. Mais le son l'est aussi.

Ombre 2. Reviens sur tes pas.

Ombre 1. Je suis là.

Ombre 2. Où est ta dame ?

Orphée. Ma dame m'a quitté.

Ombre 3. Elle est déjà passée.

Ombre 2. Ses cheveux ont changé.

Ombre 1. Je préfère être rousse.

Ombre 2. La lune s'éloigne.

Ombre 3. Merci pour tout.

Ombre 1. L'aventure se brise et emporte avec elle dans les airs viciés ta déesse mortelle.

Ombre 2. Quel est mon rôle ?

Ombre 3. Je peux pleurer ?

Ombre 1. Refais-le.

Orphée. Il y a sept portes et vous n'êtes que trois.

Ombre 3. Que devenir ?

Ombre 2. Quand tu crèves de dire.

Ombre 1. Tu es l'obstacle.

Ombre 3. Lève-toi.

Ombre 2. Les règles sont les règles.

Ombre 1. Recommence.

Orphée. Ma princesse rayonne.

Ombre 1. Donne ta main.

Ombre 3. Le soir est un matin.

Ombre 2. Avance.

Ombre 1. Qu'est-ce que tu vois ?

Orphée. Une prisonnière. Elle étale contre ses barreaux ses cheveux décrépis, couleur de corbeau, et brandit fièrement une crevette grasse.

Ombre 3. Une voix me poursuit.

Ombre 2. Aveugle.

Ombre 1. Renfermée.

Orphée. Les mirages m'assaillent et les glaces m'envoient le seul être haïssable. En vain le monde humain engendre son semblable si l'amour, ce fluide inconstant, ne soutient son squelette sans âme et sa chair désertée.

Ombre 3. Tu as aimé ?

Ombre 2. Je suis mauvais.

Ombre 1. J'ai trouvé.

Ombre 2. Mais...

Ombre 3. Tu rêves...

Ombre 1. Tu es plutôt belle.

Ombre 3. Tes mains s'assemblent bien aux miennes.

Ombre 1. Attrape les siennes.

Ombre 2. Arrête !

Orphée. Eurydice !

Ombre 1. Tu la sens ?

Ombre 3. Je la veux.

Ombre 2. C'est mon sang.

Ombre 3. Regarde, Orphée.

Ombre 2. Nous sommes liées.

Ombre 3. Un dessein qui mène à l'autre.

Ombre 2. Le tien...

Orphée. Eurydice !

Ombre 3. Il n'y en a qu'un !

Ombre 1. Vos jambes s'entrelacent.

Ombre 2. Nous sommes tes mains.

Ombre 3. Passe entre nous.

Ombre 2. Non sans vice.

Orphée. Eurydice !

(Les ombres s'entrelacent et Eurydice apparaît)

Scène 3
Orphée, Eurydice

Orphée. Es-tu bien Eurydice ? Celle que j'ai aimée. Tes cheveux, ton visage, ton corps. Ici, dans ces profondeurs obscures. Comment puis-je savoir... ? Vénus m'a accordé la grâce de... ? Pourquoi ces mains, ces corps t'entourent-ils ? Quelle expérience infecte le maître des profondeurs fait-il sur toi ? *(Il passe sa main sur le corps d'Eurydice)*

Eurydice. Orphée.

Orphée. Mon amour ! Ce seul mot me met à tes genoux, mon ange. Je suis à toi, reviens à la surface avec moi, ta mort était une injustice du ciel. Maintenant, nous pouvons la réparer ensemble. Viens, mon amour.

Eurydice. Tu m'ennuies avec ça. T'as quelque chose à proposer ?

Orphée. Remonter ensemble, mon Eurydice.

Eurydice. Je ne vois pas ce que tu veux dire.

Orphée. Passer les sept portes, main dans la main.

Eurydice. Laisse ma main, j'ai mal.

Orphée. Mais je dois te voir, je ne veux pas te perdre encore.

Eurydice. Ne me touche pas, ça me fait mal.

Orphée. Alors, reste près de moi, je t'en prie.

Eurydice. Je ne peux pas faire plus près.

Ils avancent. Orphée veut la regarder.

Eurydice. Ne te retourne pas, tu ne me verrais plus. Avance, et je te suivrai peut-être.

Orphée. Je ne peux pas aller dans la lumière si je ne te vois pas. Un monde sans toi est un monde sans lumière. Je ne vois pas le fond, il faut que je te regarde. Sans cela, nous errerons pour l'éternité.

Il se retourne.

Eurydice. Tu l'as voulu.

Elle disparaît.

Scène 4
Orphée

Le jour va bientôt se lever. L'eau coule, les oiseaux, et d'autres animaux de la forêt se font entendre. Orphée entre, il a une pomme dans la main.

Il croque dans la pomme et regarde le ciel. Il s'approche d'un arbre et en touche les feuilles, comme s'il voulait devenir lui-même feuille. Il s'allonge dans l'herbe et laisse sa main caresser la rosée. Un temps. Il ôte sa tunique et la jette à terre. Il se jette à plat ventre et laisse ses bras s'imprégner de l'herbe comme s'il nageait. Il se relève. Il commence à marcher. Il avance, de plus en plus vite, ancré dans la terre et finalement s'arrête. Il s'allonge sur l'herbe, le corps contre l'eau qui recouvre le sol et demeure ainsi alors que le soleil se lève.

Scène 5
Orphée, Hippolyte, Réglis

Orphée, toujours allongé sur l'herbe, découvert, ne bouge pas. Hippolyte entre, suivie de Réglis. Elles ont manifestement beaucoup bu, elles rient et crient.

Hippolyte. Petite souris blanche, laisse-moi te croquer. Ton petit museau d'ange va être dévoré.

Réglis. Mon petit campagnol, au fond de ton terrier, avec mes petits doigts je pourrai te chercher.

Hippolyte. C'est ici qu'est mort le petit poisson, regarde...

Réglis. Sur cette herbe fraîche, je l'ai dépucelée.

Hippolyte. Elle s'est noyée... ou est-ce l'anguille qui l'a mangée ?

Réglis. Regarde qui est là, Hippolyte.

Hippolyte. C'est Orphée, dégoulinant de rosée. Sa peau nous nargue. Son grand corps épouse les formes de cette fille de joie, la terre.

Réglis. Regarde comme ses formes étouffent l'herbe drue. Je le veux.

Hippolyte. Je le veux la première. Tu feras ce que tu voudras des restes.

Réglis. J'ai été dans ses bras, j'ai envie d'y retourner.

(Hippolyte l'attrape par la taille et la serre de toutes ses forces)
Hippolyte. Et là, tu les sens, mes bras ?

Réglis. Lâche-moi, tu ressembles à un animal dégoûtant. Laisse-moi respirer.

Hippolyte. Tu as eu la cueilleuse, je veux Orphée. Il est sans force, sa peau à même le sol, son corps m'est offert. Rien ne viendra entraver mes jouissances. Je ne veux pas que tes mains dégoûtantes gâchent cette peau, elles puent le sang, elles pueront toujours le sang. Si jamais tu mets tes mains sur lui, je te brise les poignets.

Réglis. C'est dans ta terre chaude que j'aurais dû plonger mes mains, jusqu'aux poignets.

Hippolyte. Bouge encore d'un pouce et je brise le tronc de ton hydre blanche.

Scène 6
Orphée, Hippolyte, Réglis, La Maîtresse des Bacchantes

Entre la maîtresse des Bacchantes. Sa main est armée de griffes de fer. Elle ressemble trait pour trait à Eurydice.

La maîtresse.
Mon masque, c'est le jour.
Sais-je ce qu'est l'amour ?
Bien que sublime amante,
Orphée ne me voit pas,
Car je suis ici-bas

Lumière dévorante.

En la voyant, Hippolyte et Réglis s'arrêtent et la regardent avec un grand sourire.

La maîtresse. Hippolyte, Réglis, vos chamailleries sont inutiles. Orphée n'est pas à vous, il vient de se donner à sa dame nature. Regardez ce corps sans âme, qui s'offre tout entier à la terre, qui appelle la mort de ses voeux en se lovant dans sa nouvelle maison.

Elle commence à rire, bientôt les deux autres l'imitent. Elles s'approchent d'Orphée. Sur un signe de la maîtresse, chacune se met à le frapper une fois, on entend à peine un soupir. Réglis et Hippolyte l'immobilisent, en lui tenant les bras derrière le dos, présentant sa poitrine à la maîtresse des Bacchantes. Elle passe doucement sa griffe sur cette poitrine, qui saigne. Elle le place entre ses genoux. Elle l'embrasse sauvagement, et lui fait mal. La douleur fait surgir des larmes. Les deux autres lui croisent les bras derrière le dos. Réglis et Hippolyte, le tenant ainsi, mordent brusquement en même temps et symétriquement dans ses épaules. La maîtresse place alors ses deux griffes au centre de la poitrine d'Orphée, et dans un mouvement puissant et rapide, les écarte alors que la morsure des deux autres se referment sur lui. Il tombe en arrière. Elles le dévorent.

La maîtresse.
Tu as voulu m'aimer,
Poète délicieux,
Mais tu m'as affamée,
En voulant être aux cieux,
Ta viande m'a tentée,
Sous tes globes d'azur,
Je voulais que le pur
Entre en mes intestins,
Croquer dans mon destin,
Comme dans un fruit mûr.
Ces deux femmes ardentes,
De tes restes ont pris soin,
Ta tête emportée loin,
Va rouler sur les pentes.

Allons, partons d'ici,
Femme dégoulinante,
De ton coeur indécis,
Fais une plaie béante.
Et toi mon innocente,
Avale ton quartier,
Puis ouvre tout entier
Cette nouvelle fente ;
Qu'à jamais soit cette âme,
Cet opulent charnier,
Le festin d'une femme.

FIN

Les amours de Fanchette

Comédie en trois actes

par Imago des Framboisiers

Cette pièce a été représentée pour la première fois le mercredi 7 mars de l'année 2012 au Théâtre le Proscenium à Paris.

PERSONNNAGES

FANCHETTE, *jeune fille au joli pied*
AGATHE, *son amie intime*
MADAME VILLETANEUSE, *marchande, mère d'Agathe*
LUSSANVILLE, *amant de Fanchette*
DOLSANS, *négociant, amoureux de Fanchette*

La scène est chez madame Villetaneuse.

ACTE 1

Scène 1
Agathe, Fanchette

Agathe lave Fanchette, la sèche, l'habille et la coiffe. Agathe aperçoit quelque chose par la fenêtre.

Agathe – Qu'est-ce que c'est ?
(Elle ferme les volets)
Encore un homme qui t'observait. C'est toujours la même chose à chaque fois que je te donne un bain de pieds. Ils tournent autour de la maison comme des gros bourdons avides de miel.

Fanchette – Mais aussi, laisse-les faire un peu. Je n'en peux plus d'être dans le noir.

Agathe – Je vais mettre des bougies.

Fanchette – Non je t'en prie, j'ai l'impression qu'il fait nuit. Laisse juste un filet de lumière, juste assez pour que le soleil vienne caresser ma peau. *(Léger temps)* Ne me dis pas que tu me protèges aussi des vilains désirs du soleil ?

Agathe – Ce n'est pas ça. Tiens, voilà du soleil. Ils sont partis, de toute façon. *(Elle ouvre grand)*

Fanchette – Agathe ?

Agathe – Oui ?

Fanchette – Ma petite Agathe ?

Agathe – Qu'y a t-il ?

Fanchette – Tu n'es pas fâchée au moins ?

Agathe – Non.

Fanchette – Parce que si tu es fâchée, tu sais que je vais devoir te câliner.

Agathe – Je suis très fâchée. *(Fanchette se jette sur elle)* Doucement, Fanchette, doucement...

Fanchette – C'est que je n'aime pas voir ma petite fée triste, sinon je suis triste moi aussi. *(Elle la serre dans ses bras)*

Agathe - Dis, tu resteras toujours auprès de moi, Fanchette ?

Fanchette – Bien sûr, pourquoi t'inquiètes-tu ?

Agathe – Tu as une foule d'amoureux.

Fanchette – Mais ce n'est pas ma faute ! Ils deviennent fous aussitôt qu'ils me voient, je ne peux tout de même pas rester cloîtrée ici par peur de leurs instances. Un refus poli sera mon unique réponse à chacun de ces hommes. Je suis une forteresse trop bien gardée. J'ai ma petite fée Agathe, toujours là du matin au soir, qui ne me quitte pas un instant. Tu es si prévenante, si adorable avec moi. Tu l'es même tellement que je me sens parfois égoïste. Tu me sers quand nous mangeons ensemble, tu cesses de lire quand je veux te parler, alors que tu ne viens jamais m'interrompre quand je suis plongée dans un roman. Et le soir, quand je fais ma prière avant de m'endormir, tu te mets tout prêt de moi et nous la faisons ensemble. Le matin, dès mon lever, je te trouve dans ma chambre, tu m'aides à choisir mes vêtements de la journée, et cela dure presque une demi-heure tant tu es exigeante, surtout sur les bas et les chaussures; et c'est toi qui, lorsque nous avons arrêté notre choix, m'habille avec le plus grand soin, et me coiffe, en faisant bien attention à ne pas me faire mal si j'ai des noeuds. Le soir, c'est toi, de même, qui me déshabilles; et tu emportes toujours mes chaussures de la veille, tu dis qu'elles te font penser à moi. Alors que moi, chaque fois que je tente de faire tout pareil, tu m'empêches, tu dis que cela va me fatiguer, de ne pas me donner cette peine, tu tolères à peine que je te coiffe, et tu me dis ne pas y mettre tant de façons, comme si tu pensais que tu valais moins que moi. Cela me rend triste, je voudrais faire aussi pour toi tout ce que tu fais pour moi.

Agathe – Mais Fanchette, ma petite Fanchette, est-ce que tu n'es pas heureuse comme cela ?

Fanchette – Oh si, si, jamais tu ne m'entendras dire que je suis malheureuse avec toi ! Mais seulement, c'est toujours toi qui me fais plaisir...

Agathe – Parce que mon plus grand plaisir est de te faire plaisir. Rien ne compte tant pour moi qu'être à tes côtés, et je ne veux rien d'autre.

Fanchette – Mais tu me laisseras m'occuper de toi, n'est-ce pas ? Tu me le promets ? Depuis que Lussanville est parti, tu ne gardes plus une seconde pour toi.

Agathe – C'est qu'il n'est plus là pour prendre soin de toi.

Fanchette – Et toi, alors, qui prend soin de toi ?

Agathe – Je prends soin de moi toute seule. Je n'ai besoin de personne.

Fanchette – Personne, personne ?

Agathe – Si ce n'est toi, Fanchette.

Fanchette – Lussanville prenait soin de toi.

Agathe – Avant de te connaître.

Fanchette – Est-ce que tu m'en veux encore ?

Agathe – Non, Fanchette, je te l'ai déjà dit.

Fanchette – Parce que j'ai un pied trop mignon ?

Agathe – Non, ce n'est pas ça !

Fanchette – Un peu quand même.

Agathe – Mais non !

Fanchette – Bon alors si ce pied ne me cause que des ennuis, je vais aller passer la journée dans le jardin pieds nus et monter sur le massif de rocs, afin que la corne les rende plus solides.

Agathe – Que dis-tu, Fanchette ? Je t'interdis de faire une chose pareille.

Fanchette – Alors finalement tu l'aimes toi aussi, mon petit pied ? Tu ne veux pas que je le change ?

Agathe - Changer ton pied si mignon pour un autre, tu n'y penses pas ! Ton pied est celui d'une déesse, capable de faire s'agenouiller l'humanité toute entière d'un seul mouvement d'orteil ! (*Fanchette rit)* J'aime quand tu ris, tu sais ? J'ai souvent rêvé que tu riais ainsi, alors que nous étions toutes les deux dans une cabane dans la montagne...

Fanchette – Avec des chèvres ?

Agathe – Oui, nous aurions un troupeau, et nous aurions du lait tous les jours. Il faudrait les emmener paître dans les alpages, nous prendrions un peu de pain en partant le matin, et nous le mangerions sur la route. Et tu pourrais lire, assise sur un rocher, alors que je garde le troupeau ! Nous irions étudier l'hiver à la ville, et nous rentrerions, dans le froid, sous la neige... mais toujours rien que toutes les deux !

Fanchette – Je pourrais dormir sous les toits, on entend le vent bruire dans les sapins, et toi, tu serais dans un lit bien chaud, et le matin, c'est moi qui viendrais te réveiller, après que la lumière m'aura tirée de mon sommeil plein des rêves du lendemain.

Agathe – Tu le voudrais, ma Fanchette ?

Fanchette – Oui, tu m'as souvent parlé de cela dans tes lettres. Tu m'en écris une tous les jours, je crois que je ne pourrais plus m'en passer.

Agathe – Alors voici celle d'aujourd'hui, ma petite princesse au joli pied.

(Fanchette sourit et s'assoit pour écouter)

Imagine-toi
Un jardin, un toit
Magnifique sous la pluie,
La maison rêveuse
Habitée, heureuse
Qui ne connaît pas l'ennui.
La table dressée,
La nappe plissée,
Qui ont l'air de nous attendre.
Nos tableaux fastueux
Sourds et majestueux
Qui paraissent nous entendre.
Je t'entends rentrer,
Je viens t'embrasser,
T'accueillant dans notre nid.

(L'ambiance est douce et Fanchette se laisse rêver. Agathe se sent heureuse.)

Scène 2
Agathe, Fanchette, Villetaneuse

(A ce moment, la voix insupportable de sa mère retentit alors qu'elle chante à fond. Agathe soupire)

Agathe – Voilà maman...

Villetaneuse – Oh, ça sera charmant ! *(elle fredonne et danse dans toute la pièce.)*

Agathe – Quelle est la cause de cette joie débridée, maman ?

Villetaneuse – Je pense seulement au mariage, et cela me met de très bonne humeur !

Agathe – Comment, tu songes à te marier, à ton âge ?
(Fanchette a l'air choquée)

Villetaneuse – Il se s'agit pas de cela, vilaine ! D'abord, je n'ai que vingt-neuf ans...

Agathe – trente-neuf, maman...

Villetaneuse – Mon corps a trente-neuf ans, mais mon esprit, lui, en a vingt-neuf.

Agathe – S'il s'agit de ton esprit, que ne te fais-tu plus jeune ?

Villetaneuse – Il faut être réaliste. De plus, c'est avantageux, je garde les avantages de la jeunesse et ceux de la maturité. Le beurre et l'argent du beurre ! C'est ce qu'on appelle être une bonne commerçante. Je t'apprendrai cela, Agathe. Car il faudra bien, un jour, que tu reprennes la boutique. *(Agathe fait la grimace.)* Si, si, ma fille, ne compte pas y échapper ! Lorsque tu te marieras...

Agathe – Alors c'était pour moi que tu parlais de mariage ! Désolée, maman, je te l'ai déjà dit, je ne veux pas me marier. Je suis trop jeune, et quand on a eu une déception... *(Villetaneuse, qui commençait à s'ennuyer, aperçoit Fanchette)*

Villetaneuse – Fanchette, comment vas-tu, mon ange ?

Fanchette – Bonjour, madame Villetaneuse !

Villetaneuse *(à part)* – Elle a un si joli pied, cette chère Fanchette ! *(Haut)* – Comment donc, en chaussons ?

Fanchette – J'avais froid et je ne trouvais plus mes belles chaussures. Vous savez, celles que Lusssanville...

Villetaneuse – Ma chère enfant, je sais. Ne te trouble pas, quand on a eu une déception... *(Agathe a une réaction agacée)* Mais justement, Fanchette, ma chère petite Fanchette...je voulais te faire part de mes idées, un peu folles, peut-être un peu répétitives aussi...

Fanchette – Ne prenez pas tant de peine pour moi, madame, vous faites déjà trop pour votre petite orpheline. Je sais que vous voulez me présenter un autre amoureux, et je vous suis infiniment reconnaissante, mais c'est inutile, madame, et vous savez que je ne peux répondre à l'honneur que vous me faites.

Villetaneuse – Mais, un homme comme celui-là... ah, tes chaussons me déplaisent, il ne faut définitivement pas que tu les portes ! Je vais les faire offrir à la chambrière.

Fanchette – Madame, je vous prie...

Villetaneuse – Agathe, peux-tu nous apporter les chaussures de bal de Fanchette, s'il te plaît ?

Agathe, *à part, le sourire à nouveau sur les lèvres* – Oh oui, elles sont si jolies !

Fanchette – Mais ce n'est pas fête aujourd'hui... madame, Agathe, il ne faut pas...

Agathe – Mais tu es si belle avec ces chaussures, s'il te plaît...

Fanchette – Non, tu es gentille...

Agathe – Pour moi ?

Fanchette – Pour toi, je ferai tout !

Villetaneuse – C'est convenu !
(Agathe part chercher les chaussures.)
Ah tu ne résistes pas quand c'est Agathe qui le demande, hum ?

Fanchette – Si vous saviez l'affection que je lui porte...

Villetaneuse – Mais je le sais...
(Agathe revient avec les chaussures et commence à mettre la première à Agathe.)
Ecoute, mon enfant, je le sais, tu ne veux plus entendre parler d'amants d'aucune sorte. Depuis le départ de Lussanville, qui t'écrivait tous les jours et nous rendait si souvent visite... je sais que c'est pénible de te le rappeler, mais il faut bien se rendre à l'évidence : il ne reviendra pas. Voilà un an qu'il est parti...

Agathe. Comment te sens-tu dans celle-ci, Fanchette ?

Fanchette, *(avec un sourire)* – Comme dans un chausson.
(Agathe lui passe la deuxième chaussure.)

Tu es si gentille. Je me sens un peu gênée, tu sais. Je n'ai jamais de telles bontés pour toi.

Agathe – Tu les mérites infiniment.

Villetaneuse – Jeunes filles, je voudrais finir...

Agathe – Oui, pardon, maman.

Villetaneuse – Je disais donc que ce monsieur a probablement une nouvelle vie et que tu devrais, toi aussi, prendre un nouveau départ. De plus, ton prétendant m'est très cher, il est de ma famille... c'est le cousin d'Agathe, Dolsans, c'est un garçon délicieux, il est négociant. Ne serais-tu pas bien aise, ma petite Fanchette, de rentrer par ce biais dans notre famille ?

Fanchette – C'est pour moi, madame, un honneur auquel j'aspire plus que tous les autres.
(*Agathe a un sursaut et serre la main de Fanchette.*)
Mais, je vous en prie, madame, je ne veux pas me marier. Songez à l'amour que j'ai pour Lussanville, et même si, comme tout le monde semble le dire, il m'a abandonnée, je ne puis encore songer à le remplacer par un autre. Je voudrais même, si le ciel me le permet, ne jamais le remplacer de toute ma vie. Ainsi, je lui resterai fidèle, et un jour il verra qu'il s'est trompé en partant sans laisser d'adresse, que je ne méritais pas cela. Et il me reviendra. Oui, j'en suis sûre, même devant un mur de prétendants, je ne céderai pas.

Villetaneuse – Tu as du temps pour y penser. Mais je t'en prie, ne te braque pas si vite. Dolsans est un charmant garçon, cela fait plusieurs mois déjà qu'il passe ses jeudis soirs avec nous, à jouer aux cartes et à te dessiner de charmantes esquisses...

Agathe, *à part* – Tu parles, il dessine des pieds !

Fanchette. J'ai bien peur, madame, de ne pouvoir changer de sentiments. Mais je l'espère, pour vous et pour lui.

Villetaneuse – C'est bien, mon enfant. Dolsans est là, il arrive. Ecoute-le, regarde-le, et fais-lui la réponse que commande ton coeur. Je reviendrai très vite. A tout à l'heure, Fanchette. (*Elle s'arrête un instant*) Agathe, tu n'as rien à faire ?

Agathe – Si, je dois chasser les abeilles, ça devient

insupportable.

Villetaneuse – Je te prie de faire ça vite, Fanchette a besoin de toute sa tranquillité.

Agathe – J'y vais, maman.

(Villetaneuse hésite puis sort)

Fanchette – Il y a des abeilles dans la maison ?

Agathe – Ne t'inquiète pas Fanchette, je ne les laisserai pas te piquer.

Fanchette – J'ai un peu peur, Agathe, je crois que Dolsans va me faire sa demande.

Agathe *(taquine)* – Tu crois ? *(Elle commence à la chatouiller)*

Fanchette – Que fais-tu ? Non, je t'en prie, tu sais que je suis chatouilleuse ! Agathe ! *(Agathe continue et elles tombent, quand elle arrête, Fanchette s'accroche à elle)*

Scène 3
Agathe, Fanchette, Dolsans

Dolsans entre et il aperçoit les deux femmes enlacées. Il ne sait plus où se mettre, et pendant un certain temps ne se fait pas remarquer.

Dolsans *(à part)* – Quelle beauté, cette Fanchette, et ce pied... n'avez-vous pas remarqué ce pied ? Si fin, si gracieux, si fort... il a l'air de pouvoir soulever un bateau... sans contrevenir à aucune règle esthétique !

(Haut) – Mesdemoiselles, pardonnez-moi d'interrompre ces effusions !

(Elles se retournent)

Mademoiselle Fanchette, j'espère que vous pardonnerez à ma hardiesse extrême...

Agathe – Bien sûr, la hardiesse est sans doute la seule chose que les gens prennent au sérieux, ce qui explique le nombre de provocateurs aussi inutiles qu'ignorants que nous croisons dans nos villes et dans nos ports, n'est-ce pas, mon cousin ?

Dolsans –Tout juste, ma cousine, mais comme vous le voyez, j'essaie de parler à mademoiselle...

Agathe – Oui, à Fanchette. Je ne pense pas avoir les qualités requises pour que vous marchiez sur mes pas.

Dolsans – C'est que lorsque Fanchette daigne faire un seul pas, un empire pourrait s'écrouler sous sa chaussure.

Agathe – Si j'en déduis que vous êtes l'empereur, je suis pressée de voir votre prochain tableau, ce sera enfin un autoportrait réussi.

Fanchette – Agathe... ne sois pas si dure envers monsieur Dolsans...

Dolsans – Oh, vous prenez ma défense, Fanchette...

Fanchette – C'est que je ne veux pas vous voir sous ma chaussure, cela fait certainement très mal, surtout lorsque j'ai des talons hauts.

Dolsans – Oh admirable et magnanime princesse, laissez-moi me jeter à vos pieds !

Fanchette – Monsieur, non !

Agathe – Je vous en prie, cousin, ayez pitié du sol.

Dolsans – Mademoiselle Fanchette, cette position me convient assez pour vous dire ce que je suis venu vous dire : voilà... je vous demande l'honneur de me donner votre main.

Fanchette – Ce n'est que cela ?

Dolsans – Comment, que cela ? Mais c'est une demande exorbitante !

Fanchette – La voici, cher cousin.

Agathe, *outrée* – Fanchette !

Fanchette – Mais vous devrez me la rendre bientôt.

Dolsans – Comment ?

Fanchette – Parce que je ne vous épouserai pas, monsieur. Il m'est très pénible de causer du déplaisir à madame Villetaneuse, qui a fait tant pour moi, mais mon coeur est tout à Lussanville, même si je ne le revois plus jamais, je ne cesserai jamais, moi, d'être à lui.

Dolsans – Quoi, vous aimez toujours...

Fanchette – Jusqu'à la mort !

Dolsans – Eh bien... voici... voici bien du dévouement, oui. Et un grand gâchis... mais je ne doute pas que votre douleur soit encore trop vive pour envisager tout de suite le mariage. Je reviendrai à l'occasion, et souvenez-vous, Fanchette, vous n'avez qu'un seul mot à dire... un seul.

Fanchette – Pardon, monsieur.

(Dolsans fait un long salut et lance un regard noir en direction d'Agathe puis sort.)

Scène 4
Fanchette, Agathe

Agathe. Encore un homme qu'il t'a fallu repousser...

Fanchette. Ils sont si obligeants, ils me mettent dans l'embarras. Si seulement ils me parlaient d'autre chose que de mariage, je pourrais répondre à leurs voeux.

Agathe. Tu vas refuser Dolsans, n'est-ce pas ?

Fanchette – Bien sûr, Agathe, je ne l'aime pas, je n'en aimerai jamais qu'un seul, et tant pis s'il ne revient jamais. **Agathe.** Tu ne lui cèderas pas, Fanchette ?

Fanchette. Pourquoi me le demandes-tu encore ? Est-ce que tu en doutes ? Je sais que je ne serai jamais aussi exemplaire que toi mais tu peux compter sur ma fidélité. Dolsans connaît les sentiments que j'ai pour Lussanville et sa demande m'a fait l'effet de quelque chose d'ignoble.

Agathe – Pourquoi n'as-tu pas anéanti tous ses espoirs dans ce cas ?

Fanchette – Je ne sais pas. C'est juste que Lussanville est parti et que je ne veux pas être toute seule.

Agathe – Tu n'es pas toute seule, je suis là. *(Se reprenant)* Et puis il va revenir, ne t'en fais pas... d'autres ont attendu bien plus longtemps.

Fanchette – Je sais que je te l'ai enlevé. Je ne voulais pas, tu sais. Je n'aime pas me souvenir de nos disputes.

Agathe – Alors pourquoi en parles-tu ?

Fanchette - Parce que j'ai l'impression que tu m'en veux encore ! Tu n'arrêtes pas de me soupçonner de tout et de rien, tout à l'heure avec ce garçon qui passait, maintenant avec Dolsans ! Qu'est-ce que tu veux, Agathe ? Que je reste seule ici, derrière ces murs, alors que tout le monde monde m'appelle dehors ? J'en ai assez d'attendre ! Il ne veut plus de moi, eh bien tant pis, je ne vais pas me morfondre éternellement ! Ta mère veut mon bien, elle m'a sauvé de mon infâme tuteur, monsieur Apatéon ! Tu te souviens de ce qu'il me faisait ? Toutes les nuits, je me réveillais en sursaut parce que je sentais ses mains sur mes pieds ! J'ai fini par dormir en chaussons et même là, le lendemain, je me retrouvais les pieds nus ! Tu vois comme elle m'aime ! Elle veut me marier, Agathe, me marier. Une jeune fille, ça se marie, ça n'attend pas le retour d'un amant qui la délaisse. Il ne m'a même pas dit au revoir, il est parti comme ça ! A toi au moins, il t'a dit adieu.

Agathe – Alors tu ne l'aimes plus ?

Fanchette – Oh si, Agathe, c'est lui qui ne m'aime plus, c'est tout. C'est remplacer un homme par un autre. Les hommes sont des inconstants. Alors que toi, tu seras toujours là. Que t'importe que ce soit Lussanville ou Dolsans ?

Agathe – Dolsans me déteste et je le déteste. C'est tout.

Fanchette – Et Lussanville ? Tu lui as fait une scène terrible. Est-ce que tu l'aimes encore ?

Agathe – Je n'aime personne, je veux juste m'occuper de toi, je n'aime personne.

Fanchette – Tu sais, je ferais peut-être mieux d'épouser Dolsans, car ainsi si Lussanville revenait, je pourrais te céder la place. Ainsi, je me montrerais digne de toutes les attentions que tu as eues pour moi et que je t'ai si peu rendues. Oui, Agathe, je te cèderais ce que j'ai de plus cher, le seul homme que j'ai jamais aimé et que j'aimerai jamais !

Agathe – Je ne te demanderai pas cela. Non. Mais promets-moi que rien, jamais, ne pourra nous séparer.

Fanchette – Oui, Agathe.

Agathe – Ne l'épouse pas, s'il te plaît, n'épouse pas Dolsans... tu m'avais promis que tu ne serais à personne d'autre qu'à Lussanville !
(Elle la prend dans ses bras. Etrangement, Fanchette ne parvient pas à répondre tout à fait à son étreinte)

Scène 5
Fanchette, Agathe, Dolsans, Madame Villetaneuse

(Dolsans entre le premier, à sa suite madame Villetaneuse, il voit les deux filles enlacées.)

Dolsans *(à part)* – Encore !

Villetaneuse – Eh bien, mon neveu ? *(Elle les aperçoit à son tour)* Tiens ! Agathe, Fanchette, avez-vous oublié qu'il y a un monde autour de vous ? *(Elles relâchent leur étreinte.)*

Villetaneuse – Ah ça, vous vous aimez beaucoup, je le sais. D'ailleurs, je ne peux pas en vouloir à ma fille, elle sait ce que tu vaux, Fanchette. Et mon neveu aussi, malgré la réponse quelque peu brusque que tu lui as faite.

Agathe – Fanchette a été la fleur de la courtoisie !

Dolsans – Elle m'a dit : « Pardon, monsieur. »

Agathe – Eh bien, est-ce que ce n'est pas ce qu'on dit quand on est courtoise pour dire : je ne veux pas de vous, allez-vous-en et fichez-moi la paix ?

Villetaneuse – Dans ta chambre, Agathe.

Agathe – Mais maman !

Villetaneuse – Dans ta chambre, tout de suite ! *(Agathe prend la bassine d'eau et la serviette et sort, en jetant un regard glacé à Dolsans)*

Scène 6
Fanchette, Dolsans, Madame Villetaneuse

Fanchette – Madame, je suis désolée.

Villetaneuse – Je suis déçue, Fanchette. Je suis très déçue.

Fanchette – Oui, madame.

Villetaneuse – Dolsans est un garçon avec une bonne situation, attentionné, dur en affaires, persuasif et même parfois, cela lui arrive, spirituel.

Dolsans – Permettez...

Villetaneuse – Il s'engage même à renoncer à la peinture si tu l'épouses, vois comme tu l'obnubiles !

Dolsans *(à part)* – C'est sûr, à quoi bon dessiner ce pied lorsque c'est moi qui le prendrai ?

Fanchette – Oh, madame, Dolsans... je ne vous mérite pas, je le sais.

Villetaneuse – Ne dis pas cela, je sais très bien d'où te vient cette timidité, c'est à cause de ce pauvre Lussanville, mais il s'est sûrement marié déjà. Réfléchis mon enfant, nous reviendrons te questionner ce soir. Dolsans ?

Dolsans *(à Fanchette)* – Vous n'avez qu'un mot à dire. *(Fanchette baisse la tête et sort.)*

Scène 7
Dolsans, Madame Villetaneuse

Villetaneuse – C'est un succès.

Dolsans – Un grand succès.

Villetaneuse – Et merci qui ?

Dolsans – Merci ma tante !

Chanson

Villetaneuse -
C'est qu'il attend, c'est qu'il attend
Le tout petit
Le p'tit Dolsans !
Ce qu'il voulait
C'qui lui plairait
C'est posséder
Ce joli pied !
Ah, mais enfin,
Ell'va prendr'fin
Cett'longue attente !
D :Elle est finie !
V : Et merci qui ?
D :Merci ma tante !

V :C'est qu'il attend, c'est qu'il attend
Le tout petit
Le p'tit Dolsans !
Depuis longtemps
Ce qu'il voulait
C'était baiser
Ce joli pied !
C'est qu'il fallait
Privilégier
Cett'bonne entente !
D : Quel alibi !
V : Et merci qui ?
D : Merci ma tante !

C'est qu'il attend, c'est qu'il attend
Le tout petit
Le p'tit Dolsans !
Mon protégé
Mon favori,
Mon préféré,
Mon p'tit chéri !
D :Mais je voulais...
V :Oui je sais bien

Ce qui te tente !
D : Elle est ici !
V : Et merci qui ?
D : Merci ma tante !

(*On frappe à la porte*)

Villetaneuse – Oh ! Je n'attends pourtant pas de visite... je vais voir.

ACTE 2
Scène 1
Dolsans

Dolsans – Elle est prête à céder. Enfin, enfin ! Au moins, j'ai réglé le cas de Lussanville ! Oh, sans doute, c'était un gentil garçon, mais son amour pour Fanchette m'ennuyait. *(Il sourit)* Fort heureusement, avant son départ, son père était au bord de la faillite : ce qui me donna l'occasion de mettre un peu de désordre salutaire dans cette famille. Je donne rendez-vous au père pour signer une lettre de change, et j'en profite pour lui faire croiser le chemin de ma belle Fanchette. Je la salue, elle me répond très gracieusement, et, comme je m'y attendais, le père regarde son pied... et là, je lui fait miroiter une dot... à la mesure de ce pied de princesse ! Il marche, il court, même. Je lui promets un rendez-vous avec elle, il rentre chez lui, le veuf conte cela à son fils... et c'est l'estocade. Le fils avoue à la fois son amour et la condition modeste de la petite Fanchette ! C'en est trop pour le père qui est déjà amoureux de son pied, et il envoie le sien dans le derrière de son fils avant de finir en prison pour dettes. Lussanville, désespéré, vient à moi. Il est sans argent, sans ressources. Mais hélas, je ne peux rien faire ! C'est alors qu'il me parle de son oncle d'Amérique et de son entreprise florissante... je saute sur l'occasion : prends le bateau, dès ce soir, mon cher ami ! - Mais Fanchette ? - Je lui dirai la raison de ton départ précipité ! Dépêche-toi, car tu n'auras nulle part où coucher ce soir ! Et, comme son père, il marche, il court ! Il embarque ! Au revoir me crie t-il alors que le bateau s'éloigne... ! - Transmets lui mes lettres ! - *(Il sort une* *lettre et s'évente avec)* Oui, oui... *(Il ouvre la lettre)* Mon cher Dolsans... Mon ami qui plaide tant ma cause... (*Il parcourt la lettre en murmurant.*) Je suis retardé dans mes affaires, je dois rester encore un mois ici. Un mois! *(Il inspire avec félicité.)* Et ce soir, si tout se passe bien, je serai fiancé ! Fiancé, fiancé ! Et l'on dira : Dolsans, premier négociant de la ville, actionnaire unique du Pied de Fanchette ! Et les cours vont monter, monter ! Car il n'en existe que deux au monde, et ils seront à moi, à moi seul.

Scène 2
Dolsans, Madame Villetaneuse, un homme masqué

Villetaneuse *(de l'extérieur)* – Entrez, monsieur, entrez... je vais vous montrer mes pièces les plus rares, que je garde dans mon salon...
(*Villetaneuse arrive avec un homme caché sous une cape vénitienne.*)

Dolsans – Qu'est-ce que c'est que ça ? Elle fait entrer les clients chez elle, maintenant !

Villetaneuse – Je vous présente mon neveu, Dolsans.... Excusez ses manières, il est négociant.

Dolsans – Ah ça c'est fort ! Que se passe t-il donc, ma tante ? Vous faites entrer un homme ici, Fanchette est à deux pas !

Villetaneuse – Monsieur, veuillez m'excuser, je dois vraiment m'entretenir avec ce bouillant jeune homme, mais n'hésitez pas, regardez, et dites-moi si en trouvez une paire à votre convenance.

Villetaneuse accompagne l'inconnu près du présentoir. L'inconnu masqué observe les chaussures sur le présentoir, en prenant parfois une, observant les détails. Dolsans entraîne madame Villetaneuse à part.

Dolsans – Enfin, c'est ridicule, qui est ce monsieur ? Vous faites entrer des gens masqués ici, avec Fanchette qui...

Villetaneuse – Tais-toi enfin ! C'est un riche vénitien qui ne veut pas être reconnu ici, il vient pour une dame...

Dolsans – On devrait faire une loi qui interdise de paraître intégralement masqué ! Ce n'est pas honnête !

Villetaneuse – Tu veux qu'on fasse une loi contre ça ? *(Elle lui montre une pièce d'or dans sa main droite)*

Dolsans – Je ne dis plus rien. Je suppose qu'il n'existe rien de plus désirable que...

Villetaneuse – Je vois que tu apprends vite...

Dolsans – Le pied de Fanchette !

Villetaneuse – Ah mais tu m'ennuies ! Tu crois donc que j'ai fait entrer cet homme pour lui donner ta fiancée ?

Dolsans – Ça, je ne sais pas, mais lui, je sais pourquoi il est venu. Vous croyez que c'est le genre de boutique où les riches vénitiens vont se fournir ?

Villetaneuse – Bien sûr que non, je le sais, et sans doute encore moins maintenant que tu vas me priver de cette chère Fanchette. Tu as intérêt à venir souvent !

Dolsans – Et exposer ma femme aux regards de ces michetons de la mode, jamais !

Villetaneuse – Dans ce cas, laisse-moi profiter de la présence de cet excellent client, je vais devoir réduire mon train de vie après ça ! De toute façon, il ne peut que bien contribuer à la dot de ta petite fiancée...

Dolsans – Toute sa fortune ne vaut pas un demi-orteil. *(Villetaneuse soupire et se retourne vers son riche client attend près du présentoir)*

Villetaneuse – Eh bien, monsieur, avez-vous trouvé chaussure au pied de votre dame ?

L'homme – Rares, très rares, sont les chaussures qui sont dignes de son pied. Venise n'a su m'en offrir d'assez belles. On m'avait dit en ville que votre boutique était la meilleure du monde, que les gens s'y pressaient pour y trouver quelque chose qui n'existait nulle part ailleurs. Je crois que je me suis abusé.

Villetaneuse – Attendez, ne partez pas !

Dolsans *(à part)* – Parfait, bon débarras !

Chanson
Villetaneuse – Je sais ce qu'il vous faut,
C'est un joli pied,
Oui un joli pied,
Car un simple soulier,
Ah c'est toujours si faux !

Prenez le temps, seigneur,
Je vous promets sur l'heure,
D'amener sous vos yeux,
Ici même en ces lieux,
Un pied délicieux !

Vous aurez pour choisir,
Un conseiller sensuel,
Vos frissons de plaisir,
Dans un désir mutuel...

(à part) – D'obtenir votre achat !

Scène 3
Dolsans, l'homme masqué

Dolsans, *(à part)* – J'enrage. *(A l'homme masqué)* – Eh bien, monsieur, je vois qu'on est amateur de beaux modèles. C'est très galant de votre part... mais enfin, que diriez-vous d'un duel ?

L'homme – Je comprends votre colère, vous qui êtes de la famille, mais rassurez-vous, il n'est pas dans mes intentions d'attenter à l'honneur de celle que vous voulez défendre. Je suis informé de votre vertu, et j'ai, pour vous faire confiance, bien plus de raisons que vous ne pensez.

Dolsans – Alors faisons la paix, n'est-ce pas ? Sachez simplement que si vous demandez sa main, je vous attends demain matin, près du bois, avec mes témoins.

L'homme – Quelle que soit votre condition, sachez que de coeur, vous êtes un parfait gentilhomme. Mais vous n'aurez pas à aller jusqu'au bois demain.

Dolsans – Je l'espère sincèrement pour vous. *(Il sort)*

Scène 4
Madame Villetaneuse, l'homme masqué, Fanchette

Villetaneuse – Je t'en prie Fanchette, ne sois pas timide. Il s'agit juste d'essayer des chaussures pour monsieur qui cherche les plus belles pour sa dame vénitienne au joli pied.

Fanchette – Comment refuser, madame ?
Fanchette reste loin de l'homme masqué.

Villetaneuse – Cela se fera vite. Monsieur ? Mon neveu est sorti, semble t-il. Il ne vous a pas importuné, au moins ?

L'homme – Non, c'est un très honnête homme. Vous avez de la chance d'avoir un garçon qui veille si bien sur vous.

Villetaneuse – Heu... oui, il est formidable, un garçon délicieux... *(à part)* Ma foi, je l'inviterai plus souvent à mes réceptions. *(Haut)* Voyez si... celles-ci sont à votre goût.
Fanchette s'assoit. Villetaneuse commence à retirer la chaussure de Fanchette.

L'homme. Puis-je ?
Fanchette a un regard suppliant vers Villetaneuse.
Villetaneuse a un geste qui traduit son anxiété.

Villetaneuse – Eh bien... oui. Mais faites attention, elle a le pied très fragile.

L'homme – La beauté est souvent plus fragile que la laideur.
L'homme s'agenouille devant elle et lui enlève l'autre chaussure. L'homme s'immobilise, la main sur le pied de Fanchette.

Fanchette *(très tendue)* – Est-ce que cela vous convient, monsieur ? Voulez-vous me passer les autres ?

L'homme, *(réagissant comme au sortir d'un rêve)* – Bien sûr.
L'homme va prendre une paire de chaussures sur le présentoir

et met la première à Fanchette.

L'homme – Cherchez-vous à vous marier, mademoiselle ?

Fanchette – Non monsieur.

L'homme – Avez-vous reçu beaucoup de demandes ?

Fanchette – De nombreuses.

L'homme – Que vous avez toutes refusées ?

Fanchette – Toutes.
***L'homme** finit de lui passer l'autre chaussure.*

L'homme (*à madame Villetaneuse*) – Je prends les autres. Celles-ci sont trop belles sur elle. *(Il sort sa bourse.)* Voici pour les chaussures, et voici pour celles que je vous demande de ne pas vendre. Acceptez-vous ?

Villetaneuse – Oui, bien sûr que oui, monsieur. Vous êtes très obligeant et d'une galanterie... Fanchette, tu peux y aller. Tu vois que ce n'était pas si terrible.
***Fanchette** hoche la tête et sort.*

Scène 5
Madame Villetaneuse, l'homme masqué *puis* Dolsans

Villetaneuse – Je suis très satisfaite de notre entrevue, j'espère que vous parlerez de ma boutique à vos amis....

L'homme – A présent, il est temps de vous dire qui je suis. Vous blâmerez peut-être mon geste. Mais il m'était nécessaire pour espérer.

Villetaneuse – Pardon ? Enfin, que voulez-vous dire ? Qui êtes...
***L'homme** retire sa cape et son masque : c'est Lussanville.*

Villetaneuse, *essoufflée* – Ah, quelle surprise, quelle surprise !

(Entre Dolsans)

Dolsans – Que se passe t-il, ma tante ?

Villetaneuse – Lussanville ! Lussanville est revenu !
Villetaneuse montre et tombe assise, troublée.

Dolsans – C'est impossible ! C'est bien toi ?

Lussanville – Tu as l'air surpris de me voir, Dolsans.

Dolsans – Mais que faisais-tu sous cette cape de Venise ? Et comment es-tu de retour si tôt, ta dernière lettre, disait, ce matin même...

Lussanville – Une violente tempête a secoué la côte est-américaine, et les réparations on duré presque un mois. Tout le courrier a été conservé là-bas et il a été impossible de vérifier son acheminement. J'ai cru ma lettre perdue, mais en réalité, tu l'as reçue avec un mois de retard. Quant à ce déguisement, il m'était nécessaire pour savoir si oui ou non, Fanchette était mariée. Je n'aurais pu le supporter sur mon vrai visage, tout comme elle, sans doute. Mais elle ne l'est pas, et je peux encore espérer.

Dolsans *(à part)* – A un jour près ! Saperlipopette !

Lussanville – J'ai vu avec quelle noblesse tu me défendais, que tu allais jusqu'à provoquer en duel les prétendants qui se bousculent à cette porte. C'est très noble et le comportement d'un véritable ami. *(Il le prend dans ses bras)*

Dolsans – Oh, ce n'est rien, mon cher Lussanville... *(à part)* Mais va t-il me lâcher !

Lussanville – Cependant je sais par ton témoignage, Dolsans, qu'elle me garde une rigueur inaltérable. Elle n'a répondu à aucune de mes lettres. Pourtant, si tu savais, je n'ai jamais cessé de l'aimer !

Dolsans *(à part)* – Ni moi non plus !

Lussanville – Puis-je la voir sous mon vrai visage à présent ?

Dolsans – De la délicatesse, mon ami, du tact... si tu viens comme cela, à l'improviste, elle risque d'être très en colère et tes affaires n'iront que moins bien si tu espères être pardonné.

Lussanville – Comment faire alors ?

Dolsans – Si tu veux à nouveau recourir aux services de ton cher Dolsans...

Lussanville – Je m'en remettrai à toi, qui as été si bon pour moi. Touche-lui un mot de mon arrivée et vois comme elle réagit. Quand faudra-t-il revenir ? Demain ?

Dolsans – Demain, c'est un peu tôt, non ? Pourquoi pas... dans une semaine, par exemple ?

Lussanville – Je suis désolé, mon ami, mais cette fois je ne puis m'en remettre à ta sagesse, je ne pourrais supporter d'être vingt-quatre heures dans cette ville sans revoir son visage angélique.

Dolsans (*à part*) – Et surtout son pied mignon, parce que toi aussi, mon gaillard, tu as fait des folies en chaussures ! *(Haut)* – Eh bien, soit, reviens dès demain, et Fanchette pourra te recevoir. Je l'y aurai préparée.

Lussanville – Je te remercie mon cher Dolsans, peut-être que sans toi Fanchette serait à un autre !

Dolsans – Oui, oui... et à demain.

Lussanville – A demain.

Scène 6
Dolsans, Madame Villetaneuse

Villetaneuse – Ah mon neveu, quel coup du sort ! Lui, revenir, après n'avoir laissé aucune nouvelle ! Dolsans, tu ne peux pas épouser Fanchette, c'est impossible, elle aime tellement son Lussanville, dès qu'elle saura qu'il est revenu...

Dolsans – Non ! Ce mariage se fera ! Et Fanchette m'en signera la promesse, ou alors, tu n'auras qu'à la faire religieuse !

Villetaneuse – Fanchette, religieuse ? Mais tu n'y penses pas !

Dolsans – Je l'exige, j'ai consacré un an de ma vie à fréquenter cette fille, à gagner son amitié, à me lier avec son amant, malgré toute ma répugnance, je lui ai cédé la place ! Mais il est parti ! Et je possèderais déjà Fanchette si seulement elle n'était pas si bornée... si tu m'avais aidé plus tôt !

Villetaneuse – Elle faisait son deuil, pendant les six premiers mois, elle parlait de se suicider, je ne voulais pas la conduire au tombeau !

Dolsans – Et les six autres mois ?

Villetaneuse – Elle passait ses journées avec Agathe, qui était avec elle du matin au soir, elle ne te voyait que le jeudi. Si tu savais comme ma fille est hostile à ce mariage ! Oh, mais je sais très bien pourquoi : elle sait très bien que si Fanchette se marie, c'est elle qui ne la verra que le jeudi. Et ça, ça lui est insupportable !

Dolsans – A ce point ?

Villetaneuse – Oui, tu les verrais toutes les deux ! Elle la choie, elle l'embrasse ! C'est comme sa petite poupée. D'ailleurs, elle n'agirait pas autrement avec un mari ! Ah, si tu crois qu'elle me donnera des petits enfants, celle-là ! Il faudrait d'abord qu'elle grandisse !

Dolsans *(à part)* – Elle la choie, elle l'embrasse... ? J'entrevois la possibilité d'une horreur que je ne soupçonnais pas... Et si ces deux femmes étaient... ? J'en aurais le cœur net. *(Il va pour sortir)*

Villetaneuse – Où vas-tu, Dolsans ?

Dolsans – Rédiger la promesse de mariage. Fanchette signera ce soir.

Villetaneuse *(Se levant pour le suivre)* – Mais es-tu vraiment sûr...

Dolsans – Parfaitement ! *(Ils sortent)*

Scène 7
Fanchette *puis* Agathe

(Fanchette sort de sa chambre)

Fanchette.
Dans les limbes d'hiver, mon cœur froid s'amenuise
Et sous l'acide pluie son sommeil s'éternise,

Dans la triste avenue où l'avenir m'enferme
Fait rage l'ouragan sous l'indolence extrême.
(Agathe, pendant ces vers, sort doucement de sa chambre et regarde Fanchette. Celle-ci se retourne vers Agathe.)
C'est une lettre de Lussanville, la plus belle d'entre toutes. Il l'a écrite l'hiver dernier. Quand je la relis, elle me donne l'espoir qu'il reviendra.
(Silence)
Pourquoi as-tu pris tous ces sacs ? Où vas-tu ?

Agathe. Il faut que nous partions maintenant. Dolsans s'abandonnera pas, il te fera signer une promesse de mariage, et ma mère va l'y aider. Si tu veux t'y soustraire, il faut que nous quittions la maison, et tout de suite.

Fanchette. Mais, dois-je m'y soustraire ?

Agathe. Qu'est-ce que tu racontes ?

(Silence)

Fanchette. Il faut que je me résigne. Dolsans m'aime et sans doute il sera un époux attentionné...

Agathe. Plus attentionné que moi ?

Fanchette. Oh non, Agathe, non, je ne pense pas. Il est impossible d'être plus dévoué que toi ! Mais tu n'es pas un mari. Et ta mère pense que je dois me marier pour être bien vue et pour qu'on me laisse tranquille.

Agathe. Je peux te protéger, tu sais.

Fanchette. Me protégeras-tu des hommes ?

Agathe. Je te protègerai contre tout ! Ce n'est pas parce que je n'ai pas la voix grave, que mon menton ne pique pas, que mes bras ne font pas deux fois la taille des tiens, que mes cheveux sont longs, ou que je ne porte pas le pantalon que je ne peux pas vivre avec toi ! J'y ai autant le droit que ces gesticulateurs de pacotille qui s'agitent, et qui remuent la queue comme des chiens devant tes pieds de déesse. Voilà le parterre des hommes, et jamais je n'agirais de la sorte avec toi. Ils sont prêts à t'enlever, à t'imposer, à te forcer, à te dominer pour avoir ce qu'ils veulent. Mais moi, en aurais-je seulement la force ? Seuls les sentiments humains me dictent ce que je désire, et non pas les pulsions viles et basses d'une bête !

Fanchette. Dolsans n'est pas une bête. Il est intelligent. Et même si je ne l'aime pas, ses sentiments sont sincères.

Agathe. Et que fais-tu des miens ?

Fanchette. Ce n'est pas la même chose. Si tu étais un homme, on trouverait sans doute beaucoup à redire à toutes les attentions que tu as pour moi. Mais tu es une femme, et c'est ce qui nous permet d'être en paix avec le monde. Heureusement, ma chère Agathe, que ces sentiments sont différents, sinon peut-être serais-je restée seule à jamais.

Agathe. Et Lussanville, tu y as pensé ?

Fanchette. Je...

Agathe. Et ta fidélité ?

Fanchette. Il ne reviendra plus...

Agathe. Alors reste avec moi, Fanchette, je t'en prie. Je t'en supplie.

Fanchette. Mais Agathe, je te verrai... tous les jeudis.

Agathe. Et mes lettres, tous les jours, qui te les portera ? Et la prière le soir que nous faisions ensemble ? Et le matin, quand je t'habillais ? Est-ce que ton mari me laissera faire tout cela ?

Fanchette. Peut-être, s'il a cette bonté...

Agathe. Tu rêves, ma belle Fanchette, tu rêves... jamais plus nous n'aurons ces plaisirs, nous serons séparées, distantes...

Fanchette. Je t'en prie, Agathe...
(Elle perd sa chaussure. Agathe reste pétrifiée un instant, les yeux fixés sur ce pied qui vient de se mettre à nu. Fanchette est à terre, la jambe un peu relevée, le genou plié.)

Agathe. Fanchette...

(Elle approche timidement sa main du pied de Fanchette et le touche, du bout des doigts. Puis, après un temps assez long, elle déplace lentement sa main, en caressant, toujours du bout

des doigts le pied puis la jambe de Fanchette, très lentement, avec hésitation, elle tremble même un peu. Puis, timidement, elle la relève, Fanchette est comme paralysée, elle regarde Agathe dans les yeux, nageant en plein inconnu. Agathe approche sa tête de celle de Fanchette, celle-ci a un petit mouvement de recul, mais, après un long regard qu'aucune des deux ne parvient à traduire en paroles, elles s'embrassent tendrement, leur bouches se lient, et il se passe quelque chose d'extraordinaire : la retenue accumulée par leurs corps se met tout d'un coup à craqueler, doucement, on sent Fanchette, à mesure que le baiser dure, s'abandonner de plus en plus à la passion jusqu'à elle-même embrasser Agathe, le plus langoureusement du monde.)

(Pendant ce temps, Dolsans est entré du côté opposé, dans l'ombre, impossible de le distinguer à ce moment)

Scène 8
Fanchette, Agathe, Dolsans

Agathe. Ma petite Fanchette...
(Dolsans apparaît)

Dolsans. *(murmure)* Ma chère petite Fanchette... *(Agathe a un sursaut, son cœur se met à battre plus fort, Dolsans continue, très calme, avec une pointe de sadisme)* Quelle vision. Enfer, trahison, disgrâce.

(La lumière s'allume à ce moment. les deux amantes se séparent et regardent leur accusateur. Fanchette est toute tremblante)

Agathe. Lui !

Fanchette. Je suis perdue !

Dolsans. Je me sens atteint jusque dans ma chair.

Agathe. Elle ne vous aimait pas !

Dolsans. Moi, non... mais que dira Lussanville, hum ?

Fanchette. Lussanville ? Il est parti pour jamais !

Dolsans. Ah oui c'est vrai... mais pourtant un messager est venu tout à l'heure.

Fanchette. Un messager ?

Dolsans. Oui, pour me dire que Lussanville était ici, et j'allais de ce pas vous annoncer cette heureuse nouvelle. Mais je vois qu'elle n'est pas si heureuse que cela, finalement. Et je vais de ce pas lui dire l'infidélité contre-nature que vous venez de lui faire, et croyez-moi, lorsque madame Villetaneuse vous chassera, Fanchette, vous me supplierez à genoux de bien vouloir vous prendre ! A bientôt !

Scène 9
Fanchette, Agathe

(Agathe, humiliée, respire lentement dans un coin de la pièce. Un silence.)

Fanchette. Je t'ai dit d'arrêter. Je te l'ai dit. Je ne pensais pas que tu étais comme ça, Agathe. *(Un temps)* Comment as-tu pu, mon amie, ma petite fée...

Agathe. Je ne suis pas ton amie. Je t'aime, que tu le veuilles ou non.

Fanchette. Moi, j'avais besoin d'une amie ! Pas d'un homme de plus ! *(Agathe se lève)* Oui, Agathe. Tu m'as dit que tu me protègerais des hommes. Et tu comptes le faire comment ? En agissant comme eux ? *(Agathe s'approche)* Si tu voyais tes yeux... ne m'approche pas. Nous étions heureuses toutes les deux, chaque geste était innocent, chaque sourire était gratuit, il n'y avait aucune étreinte qui soit coupable. Que ne t'en contentais-tu ? A présent, on nous dit les pires injures, Dolsans va me faire chasser de la maison, ta mère va m'appeler monstre et je serais réduite, dans ma misère, à épouser cet homme que je n'aime pas, à trahir mon cher amour, mon cher Lussanville. Dolsans est parti le trouver et il va lui raconter d'horribles choses...

Agathe, *plus brusque.* Est-ce que c'est moi, l'horrible chose ?

Fanchette. Vas-y, Agathe, vas-y. Fais comme eux. Jette-toi sur moi, mets tes mains sur moi, tu peux maintenant, je suis à toi, profite de moi comme n'importe quel mâle ! Tu te crois différente parce que tu as ta petite frange, que tu te caches derrière tes longs cheveux, tes cheveux qui sentent les fleurs que tu mets dans mon bain... Tu es comme eux. Quand je pense à tes mains... partout sur mon corps, quand j'étais dans l'eau... que je te laissais caresser ma peau, que tu avais le droit de toucher partout...

Agathe. Je voulais prendre soin de toi.

Fanchette. Prendre soin de moi ! Tu me disais de rester fidèle à mon amour, de penser à lui, de l'attendre, et c'est toi qui m'a poussée à la faute ! J'ai eu un pressentiment tout à l'heure. J'ai su qu'il était revenu. J'ai su que j'avais vu mon amour, mon seul amour, mon unique amour. Quand il est venu ici, sous ce déguisement... oui, je suis sûre que c'était lui, j'en suis persuadée maintenant – il m'a mis cette chaussure, et j'ai vu ses yeux bleus à travers ce masque qu'il avait mis si négligemment. Mes pieds se sont détendus dès que j'ai senti que c'était ses mains ; si grandes, avec ses bagues qu'il oublie toujours d'enlever. Lussanville, mon Lussanville.

Agathe. Il est venu ici ?

Fanchette. En secret, pour me voir, il devait croire que je ne l'avais pas attendu. Il avait raison, je suis une infidèle.

Agathe. Toi, infidèle ? toi qui me détestes ? Tu lui es plus fidèle que je ne l'ai été. Je l'aimais, je l'aimais si fort que j'aurais pu en mourir. Mes yeux ont tourné en même temps que les siens, comme ensorcelés. Et maintenant, j'aime à mourir une fille qui me hait.

Fanchette. Qui te hait, Agathe ? Non, jamais, jamais ma chérie, ma fée, ma petite Agathe, jamais je ne te haïrais. Tu entends ? Jamais ! Qu'importe ce qu'ils diront, ces ignorants, ces chiens, ces adorateurs idiots, qu'importe si Dolsans, la police ou le roi me traînent à leurs pieds comme la dernière des mendiantes, qu'importe que ce baiser soit un aller simple pour l'enfer. Tant pis. Il vient de mon Agathe. Personne ne me l'enlèvera.

Agathe. Fanchette ! *(Elle laisse ses larmes couler tout à fait et* *la prend dans ses bras)*

Fanchette. Laisse-moi, maintenant.

Agathe. Quoi ?

Fanchette. Va t-en. Sauve-toi.

Agathe. Mais...

Fanchette. Je ne veux pas qu'il te trouvent ici dans mes bras.

(Silence)

Agathe. Tu comptes le retrouver ?

Fanchette. Oui.

Agathe. L'épouser ?

Fanchette. Oui.

Agathe. Et me laisser seule ?

Fanchette. Non !

Agathe. Et comment vas-tu faire ?

Fanchette. Je viendrai te voir, je te l'ai dit !

Agathe. Avec lui ! Lui qui m'a pris mon amour, avec toi qui m'a pris le sien !

Fanchette. Ma fidélité est à lui, autant que je le peux encore. C'est ce que tu voulais. C'est ce que tu m'as demandé ! Je t'en prie, si tu m'aimes, aide-moi à le retrouver.

Agathe. C'est le premier en date, c'est ça ? Nous verrons, Fanchette, nous verrons combien ce raisonnement joue des tours, même à la plus fidèle des femmes.

Fanchette. Que veux-tu dire ?
(Silence)
Alors, tu ne veux pas m'aider ? Si même toi tu ne veux plus m'aider, alors je suis vraiment seule. *(Elle va dans sa chambre)*

ACTE 3

Scène 1
Agathe *puis* Villetaneuse

Agathe. Si Fanchette ne m'aime plus, à quoi bon m'enfuir avec elle ? Il ne me reste plus qu'une chose à faire. *(Madame Villetaneuse arrive, à bout de souffle, décomposée)* Maman !

Villetaneuse. Laisse-moi tranquille, petite dégénérée, tu n'es plus ma fille ! Comment as-tu pu corrompre la tendre et timide Fanchette ? Une enfant, une enfant ! Je n'aurais jamais fini de pleurer... Dolsans est furieux, et à présent qu'il la tient en horreur, plus personne ne l'épousera, et je devrais porter ce fardeau chez moi, une honnête maison, une commerçante ! Il va raconter cette histoire dans toute la ville ! Ma clientèle va s'effondrer, on me montrera du doigt et cette petite m'amènera, si elle reste ici, à l'état de misère dont je l'ai retirée !

Agathe. Maman, c'est ridicule ! Dolsans n'a pas renoncé à Fanchette ! Il veut en dégoûter son rival pour mieux l'épouser ensuite ! Que lui importe qu'une femme soit passée avant lui ?

Villetaneuse. Il lui importe beaucoup parce qu'il a dit qu'elle était une... quelque chose de très sale mais je ne sais plus quoi. Ou bien il disait ça de toi, je ne sais plus. En tout cas ce n'est pas ça qui sauvera mon fonds de commerce, je n'ai plus qu'à vendre la boutique à un étranger s'il vient à passer quelqu'un... ah, je crois qu'il y a quelqu'un dehors, attendez, monsieur ! Que pensez-vous d'une charmante boutique de chaussures... ? *(Elle sort)*

Scène 2
Agathe, seule

Agathe. Mais que fait-elle ? Elle tient à nous ruiner sur-le-champ ? Enfin, de toute façon je ne serai bientôt plus là, il faut que je trouve... mais ce grand manteau... c'est celui de Lussanville ! Vite, allons... non, quelle plaie ! Dolsans le suit de près. Il faut que je lui parle seule à seul. Je vais attendre ici, et je le suivrai tant qu'il faudra, jusque dans sa chambre, s'il le faut. *(Elle se cache)*

Scène 3

Agathe (cachée) Villetaneuse, Lussanville *puis* Dolsans

Villetaneuse. Monsieur, si vous voulez bien m'écouter, vous savez, je commence à prendre de l'âge...

Lussanville. Pardonnez-moi, madame Villetaneuse, mais je ne puis rester en ces lieux, Dolsans s'occupe en ce moment de préparer mon retour, il m'a dit de ne pas revenir avant demain matin afin qu'il puisse prévenir Fanchette...

Dolsans. Mon cher Lussanville ! Eh bien, que fais-tu ici ? N'avions-nous pas convenu demain matin ?

Lussanville. Je le sais, et c'est pourquoi je priais ta tante de me laisser repartir.

Dolsans. N'en fais rien, mon cher, j'ai une nouvelle à t'apprendre qui pourrait bien compromettre ton amour.

Lussanville. Mon amour tu dis ?

Dolsans. Oui. Car ta tendre fiancée, la petite Fanchette, n'a pas su se tenir. Aussi elle a embrassé...

Villetaneuse. Mais monsieur, quel besoin avez-vous d'écouter de pareilles horreurs ? Votre maîtresse vous a cru disparu et s'est consolé avec un autre, qu'il a t-il de mal à cela ?

Dolsans. Paix, ma tante ! Lussanville a le droit de savoir.

Lussanville. J'ai peur de comprendre. Mon ami, c'est donc fini, elle en aime un autre ? Je l'avais rêvé, je l'avais cauchemardé, le soir quand j'étais sur la mer. A chacune de tes lettres, je sentais par ta description, combien elle devenait indifférente à mon égard, combien ses yeux se tournaient, lentement, vers un autre, qui a su mieux l'aimer que moi. Il est resté auprès d'elle, lui. Il l'a baignée, l'a coiffée, l'a caressée au quotidien. Comme il est vrai que l'amour se vit seulement souffle contre souffle. Pour que deux coeurs battent à l'unisson, il faut bien qu'ils s'entendent pour pouvoir s'accorder. Mais le silence, là où il demeure, ne tolère aucune vie, et donc aucun amour. Et ces lettres que je lui ai envoyé ont fait de moi un personnage de roman. Aimé comme un personnage, de loin ; comme ils sont secs, les baisers de l'imagination.

Dolsans. Ainsi, mon ami, que comptes-tu faire ?

Lussanville. Lui dire adieu.

Dolsans. Nous pouvons nous en charger, ainsi tu pourras partir, le coeur moins lourd.

Lussanville. Je n'en ferai rien, il faut que je la voie.

Dolsans. En ce cas, je dois t'apprendre la vérité.

Villetaneuse. Et qu'avez-vous à faire d'une telle vérité ? Mieux vaut n'en pas trop savoir sur les profondeurs des femmes.

Lussanville. Je suis résolu à l'apprendre, de sa propre bouche.

Dolsans. Espères-tu qu'elle te dise qu'elle est une tribade ?

Lussanville. Pardon ?

Dolsans. Oui, elle a embrassé Agathe. Et c'était bien un baiser, Lussanville, un baiser d'amour !

Lussanville. *(après un temps)* Eh bien ?

Dolsans. Comment ?

Lussanville. Après ?

Dolsans. Je crois que tu ne comprends pas bien. Ta fiancée s'est vautrée dans les amours lesbiennes !

Lussanville. J'entends. Mais quelle différence cela peut-il faire ?

Villetaneuse. On voit qu'il revient d'Amérique. Là-bas, tout est permis.

Dolsans. As-tu perdu la raison ?

Lussanville. Si j'étais à sa place, le désespoir de me voir jamais revenir et la peine que je lui ai fait en partant sans rien annoncer m'auraient sans doute poussé dans les bras d'une autre.

Dolsans. Mais enfin, je ne dis pas si c'était un homme, mais une femme, Lussanville, une femme !

Lussanville. Laissez-moi vous raconter une histoire. *(Dolsans* *s'assoit pour écouter, Villetaneuse soupire et sort son éventail.)*

Une nuit, à l'heure de la ville déserte
Je marchais seul, au fil des rues, face à l'inerte.
Petits pas m'appâtèrent, j'entendis murmurer,
Je me cachai sitôt, je les vis se serrer.

La brune aux yeux de chat baisait sa blonde amante
Esquissait, sur son bras, une caresse lente
Comblait d'amour sa belle et faisait des serments,
Qui surpassaient en tout ceux des plus grands amants.

S'inondant de baisers, ces deux douces lutines
En étreintes goûtaient leurs amours clandestines
Humaient leur peau, leur chair, s'aimaient, se dévoraient.

Je pensais aux malheurs, aux tragiques histoires
Qui toujours les oppriment, et j'oubliais de voir
Qu'une nuit sans éclat, deux filles s'adoraient.

Dolsans. Existe-t-il plus odieux...

Lussanville. Assez ! Je ne blâme pas Fanchette d'aimer Agathe, au contraire ! Vois ce que les hommes lui ont apporté, vois la façon dont ils se sont comportés ! Des sots, des rustres, des obsédés. Et tu voudrais qu'en dépit de tout elle les préfère ? Non, non, elle leur a d'abord donné la préférence, mal lui en a pris. Ils se sont tous rendus si peu dignes de l'aimer qu'elle en a chassé sa pente naturelle et qu'elle a suivi celle de son amie. Oserais-tu la blâmer, oserais-tu lui dire des injures pour cela ? Ah, mon ami, pour la première fois, je doute de toi, je doute de ta bienveillance.

Dolsans. Lussanville, peux-tu douter de l'ami qui a tant plaidé ta cause ?

Lussanville. Je doute de tout homme qui ne peut se mettre à la place d'une femme.

Dolsans. Très bien, quant à moi, je ne plaiderai plus la cause des cocus. C'est fini ! Puisses-tu te consoler avec ton infidèle du fidèle ami que tu viens de perdre ! *(à Villetaneuse)* Je vais conter cette histoire dans toute la ville, Lussanville s'en ira de dépit, et cette mascarade finira !

Villetaneuse. Non, Dolsans, je t'en prie ! *(Dolsans sort)*

Scène 4
Agathe (cachée), Lussanville, Villetaneuse

Villetaneuse. Bravo à vous, me voilà à nouveau dans le pétrin ! Pff ! Vous, un homme, vous laisser prendre votre maîtresse sous le nez ! Et par une femme en plus.

Lussanville. Et pourquoi disputer l'amour à l'amour quand on est plus aimé ?

Villetaneuse. Enfin, vous ne croyez tout de même pas qu'elle ne vous aime plus ?

Lussanville. Puisqu'elle a embrassé Agathe...

Villetaneuse. C'est ma fille qui rêve ! Elle a trop joué avec sa poupée, ça fait des mois que j'aurais dû la marier ! Et puis si vous êtes un homme, vous saurez regagner le coeur de la petite Fanchette. De toute façon, il faut que je la marie, ma réputation est en jeu, et si vous ne l'épousez pas, je ne vous garantis pas son sort, ni le mien. Adieu, monsieur. Et si vous avez encore un peu d'affection pour notre famille, emmenez cette petite loin d'ici, le plus rapidement possible.

Scène 5
Agathe, Lussanville, voix de Fanchette

Lussanville. Si Fanchette ne m'aime plus, à quoi bon m'enfuir avec elle ? *(Agathe sort doucement de sa cachette)*

Agathe. Eh bien, mon ombre...

Lussanville. Fanchette ?

Agathe. Non, ce n'est pas la petite Fanchette qui se tient près de toi. C'est ton amante, Agathe, la première et la dernière de tes amantes.

Lussanville. Agathe ! *(Agathe tente d'embrasser Lussanville)* Que fais-tu ?

Agathe. Tu ne veux pas m'embrasser ?

Lussanville. Je le voudrais bien. Mais c'est une autre bouche qui attend tes faveurs.

Agathe. Alors, tu sais ? Je l'ai embrassée moi aussi. Nous sommes quittes. Reviens avec moi.

Lussanville. Je t'ai trahi, je ne le mérite pas. Et tu le sais très bien. Inutile de me mettre à l'épreuve. Mon seul espoir maintenant, c'est que Fanchette accepte de m'entretenir un instant. Je lui dirai adieu et je m'en irai.

Agathe. Tu ne partiras pas, je refuse que tu partes. Tu vas rester, tu m'as promis que tu m'aimerais toujours. Alors, tu resteras et tu m'aimeras, parce que tu l'as dit, parce que tu l'as juré.

Lussanville. Parce que tu m'aimais, toi ? Tu m'aimais ? As-tu cherché ces deux dernières années un seul moment où nous pourrions être seuls ? Fanchette ne nous quittait pas un instant, tu agitais ses petits pieds nus sous mes yeux sans arrêt. Tu la mettais entre nous aux repas, tu l'amenais dans les allées des marchés et tu lui faisais prendre mon bras comme une fiancée, tu allongeais ses belles jambes de neige au bout de notre bateau quand nous voguions sur le lac. Et la nuit... quand je voulais te retrouver, que je venais, tremblant jusqu'à ta chambre, et que tu étais chez elle, dans son lit, tout contre son dos. La pauvre qui se croyait seule. Tu lui baignais sans cesse les pieds et tu me faisais faire de même, tu choisissais les cadeaux et tu me commandais de les lui offrir en mon nom ! Crois-tu que j'étais surpris un seul instant quand j'ai entendu que tu l'avais embrassée ?

Agathe. Vous étiez beaux tous les deux. Je savais que tu ne pourrais pas t'en empêcher. Cet homme-là, cette femme-là. Vous étiez parfaits ensemble, bien plus parfaits que toi et moi. Regarde mon visage. Si sombre. Vos yeux. Si bleus. Vos teints si clairs. Deux âmes soeurs. J'étais jalouse de toi. Je t'aurais volontiers arraché ton visage pour me le mettre comme un masque. *(Elle ouvre doucement la porte de la chambre de Fanchette.)*

Fanchette. Que se passe t-il ? Agathe, c'est toi ? Je prépare mes affaires, vas-tu venir avec moi ?

Agathe. Mais voilà. Je l'aimais trop, ton visage. Et maintenant il est à moi. *(elle lui tient les hanches fermement)*

Lussanville. Que fais-tu ?

Agathe. Je ferme notre triangle.

Scène 6
Agathe, Lussanville, Fanchette

Fanchette. Agathe ? *(Elle arrive sur scène)*

(Agathe attrape brusquement le visage de Lussanville et l'embrasse, malgré lui, dans une violente étreinte. Ils se repoussent mutuellement, essoufflés, comme s'il s'agissait d'un combat. Fanchette s'arrête un instant puis se jette dans les bras de Lussanville avec l'enthousiasme d'un enfant)

Agathe. Que fait-elle ? Comment peut-elle l'approcher ?

Fanchette. Lussanville. Mon amour, mon chéri, mon prince, mon amant, tu es là, tu es revenu ! *(Elle l'embrasse tendrement)*

Lussanville. Fanchette, comment...

Fanchette. Tes bras sont grands et chauds, j'adore être si près de toi, tu ne sais pas combien j'ai eu mal de ne pas sentir tes étreintes. Depuis trois mois je relis tes lettres pour y trouver le réconfort et la force de résister à ma tante et à Dolsans, qui étaient si pressés de me marier...

Lussanville. Le traître ! Je lui ai envoyé pas moins de dix lettres pour toi, te les a t-il remises ?

Fanchette. Non, mon amour.

Lussanville. Vous êtes bien naïfs, mes yeux.

Fanchette. Mais cependant, garde-les toujours ainsi, j'aurais peur qu'avec d'autres, tu ne me trouves laide.

Lussanville. Pour aucun oeil Fanchette n'est laide, pour aucune main, ce regard comme un océan, cette taille si douce, cette peau qu'on ose à peine effleurer, et ce pied si joli...

Fanchette. Il est à toi, comme je suis à toi.

Lussanville. Mon amour ! Dolsans m'a donc menti ? Tu n'aimes personne d'autre ? *(Fanchette baisse la tête et regarde Agathe)*

Agathe. Oui, elle est là, l'importune, la troisième. Celle dont vous voudriez vous débarrasser. C'est fait. Vous voilà ensemble, finalement. Regardez-la bien, et riez de ses pleurs tant qu'il vous plaira. Et l'une et l'autre que j'ai tant aimés, vous voulez partir et me laisser seule. Je ne vous en veux pas. C'est vrai que la situation est insolvable. Alors... que le plus fort gagne. *(Elle pose un papier sur la table. Fanchette va le lire et pâlit)* Reconnais-tu ceci, Lussanville ? C'est la promesse de mariage que tu m'as signée avant que le pied de Fanchette ne te fasse perdre la tête. Elle est en bonne et due forme et je suis en droit d'exiger ta main, tu ne pourras pas t'y soustraire.
(Fanchette lui jette un regard d'animal traqué, elle continue à Fanchette) Ne t'avais-je pas dit que ce raisonnement jouait des tours ? *(à Lussanville)* Épouse- moi donc, Lussanville, puisque tu l'as promis.

Fanchette. Est-ce vrai, tu as donné ta parole à Agathe ?

Lussanville. Laisse-moi te raconter notre histoire. Nous nous sommes rencontrés il y a trois ans de cela, au cours d'un bal.

Agathe. A l'époque, ta timidité t'empêchait d'inviter une femme pour danser, et tu demeurais, loin des autres, en attendant que la soirée prenne fin.

Lussanville. C'est alors qu'Agathe parut. Elle si était belle, avec sa jupe de satin bleu brodée d'argent et son chapeau tout fin ; elle est venue à moi, elle avait déjà dansé avec beaucoup de monde et cependant n'avait pas l'air de s'amuser.

Agathe. Je lui ai finalement demandé pourquoi il était resté seul.

Lussanville. Comme je n'osais pas lui parler de ma timidité, persuadée qu'elle s'en irait à l'instant, j'ai préféré afficher un certain mépris pour les amusements ordinaires.

Fanchette. Cela lui a plu.

Lussanville. Elle s'est emparée de mon bras et m'a fait danser presque jusqu'à l'aurore, elle refusait tous les autres. Mon regard, plus d'une fois, *(Fanchette murmure en même temps que lui)* croisa le sien.

Agathe. Mais cela ne m'a pas gênée.

Lussanville. Puis nous sommes restés longtemps sans nous voir. J'avais perdu courage, et n'espérais plus la revoir, elle n'allait plus aux bals, moi je n'y allais que pour elle. Le soir, je regardais des heures durant par ma fenêtre, une partie de l'horizon m'était cachée par notre abricotier. C'est alors que je l'ai vue, entre les branches, avancer doucement vers ma fenêtre.

Agathe. J'ai posé ma main sur le verre, et comme la fenêtre était entrouverte, je suis tombée sur le tapis.

Lussanville. Ses cheveux...

Fanchette. ...se sont détachés.

Lussanville. Nous nous sommes longuement regardés...

Agathe. comme si la réalité s'éloignait pas à pas.

Lussanville et Agathe. Nous nous sommes aimés, passionnément.

Lussanville. Cette nuit-là, je lui ai tout donné. Mes rêves, mes pensées, mes sensations, mon corps, mon âme aussi. Elle a tout obtenu.

Agathe. Mon coeur est à toi, Fanchette. Mais je ne finirai pas seule, tu ne me laisseras pas seule, jamais.

Lussanville. Je t'aime, Fanchette. Mais je dois tenir mes engagements, sans cela, comment me ferais-tu confiance ?

Fanchette. Voilà. Vous en avez fini. Agathe, Lussanville. Et vous voilà de nouveau dans cet horrible triangle. Quoi, vous m'aimez, l'un et l'autre, et vous vous battez, comme deux chiens, quand vous pourriez... Je ne vois avec vous qu'amour et que passion, et vous voulez, en vous battant, tuer l'amour et la passion de l'un et de l'autre, dans un mariage sans saveur ?

Abandonner tous deux Fanchette, qui vous est si chère ? *(à Lussanville)* Tu connais mes sentiments, cher amour, et je ne suis pas capable d'en changer. Ton départ m'a blessé et j'ai cru maintes fois que j'allais t'oublier et prendre un autre époux, mais Agathe, ma douce et généreuse Agathe, m'a convaincue de t'attendre. J'ai suivi son conseil et j'ai été fidèle. Je t'aime, plus qu'on ne peut l'imaginer. J'ai cru, hélas, que tu ne voudrais plus de moi en apprenant ce que j'avais fait. C'était faux. Et toi, tu as cru que je voulais te quitter. C'était faux aussi. Dolsans nous avait tous deux trompés. Réparons nos naïvetés en nous aimant sans compromis, sans remords et sans rancune. *(Elle l'embrasse. Agathe, bien que debout, essayant de contenir ses émotions, pleure, de même que Lussanville)* Ma douce, tu ne dois pas pleurer. Si j'aime Lussanville, je ne t'en aime pas moins. Je t'ai dit des choses horribles, je les regrette toutes, j'avais peur, j'ai été lâche. Et ma peur s'est transformée en colère. Mais c'est toi qui m'as sauvée. Je n'aurais pas pu embrasser Lussanville si tu ne l'avais d'abord fait toi-même. Mise dans un choix, j'aurais reculé. Mais ses lèvres avaient le goût des tiennes, alors plus rien ne me retenait. Agathe, je ne peux vivre sans lui. Mais je ne peux vivre non plus sans toi. Vivons ! Suis notre conduite : Lussanville m'aime, il me garde, j'aime Lussanville, je reste auprès de lui. Reste avec nous, comme amante, non comme un tiers. Venez, servons tous trois d'exemple à l'univers des amours les plus belles et les plus partagées qu'il ait jamais fait naître, et peuplons-le de nos passions heureuses.

Agathe. Fanchette. Lussanville. Je vous aime. Je vous aime comme je n'ai jamais aimé. Je vous aime plus que l'amour lui-même. Embrassez-moi. *(L'un d'entre eux vient)* Non. Pas comme ça. Tous les deux. Embrassez-moi tous les deux. *(Fanchette et Lussanville, qui la tiennent enlacée, s'approchent doucement d'elle et l'embrassent dans le même temps, avec un amour infini)*

Scène 7
Lussanville, Fanchette, Agathe, Dolsans, Madame Villetaneuse

Dolsans. Ils sont par là, je vais leur parler.

Villetaneuse. Dolsans, mon pauvre garçon...

Fanchette. Qu'est-ce ? Serait-ce Dolsans qui revient ?

Dolsans, *à la cantonade.* Tenez-vous prêt, capitaine.

Lussanville. Il est avec la police !

Dolsans. Bonjour à nouveau, mon cher Lussanville, je m'inquiétais beaucoup pour toi. Ma cousine ne t'a t-elle pas déjà provoqué en duel ? Car cette pécheresse-là se verrait bien porter l'épée !

Lussanville. Ses petites mains délicates gardaient leur soufflet pour toi.

Dolsans. Ces mains-là ont déjà trouvé leur refuge infernal. Mais la justice est clémente, la prison saura la défaire de ces vilaines tentations.

Fanchette. Madame, dites quelque chose, c'est votre fille ! *(Madame Villetaneuse baisse la tête)*

Dolsans. Et que dirait-elle ? Même un couvent n'en voudrait pas ! Elle en contaminerait jusqu'à la dernière religieuse !

Agathe. Certainement pas, je m'arrêterais aux novices, les mères supérieures sont beaucoup trop laides.

Dolsans. Insolente ! Cela sera retenu contre toi.

Lussanville, *mettant la main sur le pommeau de son épée.* Je suis prêt à prendre ces deux femmes pour témoins de notre duel, mon cher. Et si je ne te coupe pas la gorge, je charge Agathe de le faire.

Fanchette. Non !

Dolsans. Allons... calme-toi, mon cher. Je ne viens pas ici vous faire violence et les choses pourront aller dans la douceur. Seul mon témoignage et celui de ma chère tante peuvent vous confondre. Et je sais trop combien nombre d'excellents soldats de la paix se damneraient pour le pied de Fanchette. Elle a encore le choix, celui de m'épouser et de me faire oublier en un instant toute cette histoire. Mais si elle n'est pas à moi, alors qu'elle soit à tous !

Lussanville. Je vais te faire regretter tes paroles !

Fanchette. Non, je t'en prie, Lussanville... arrête. Je vais... *(Elle commence à venir vers Dolsans, celui-ci triomphe d'avance)*

Agathe. Un instant !

Dolsans. Qu'as-tu encore à dire ?

Agathe. Simplement annoncer une heureuse nouvelle à maman. *(Madame Villetaneuse regarde sa fille, étonnée)* Tu ne devines pas ? *(Elle s'amuse à se placer entre Fanchette et Lussanville)* Je vais me marier.

Villetaneuse. Toi ? Te marier ? Mais avec qui ?

Agathe. Eh bien ! Avec Lussanville. J'ai ici une promesse de mariage qu'il m'a signée, comme de ma part je lui en ai signé une. *(Elle montre le papier, Dolsans le prend brusquement)*

Dolsans. Impossible !

Agathe. Cela fait plus d'un an que nous sommes engagés. Fanchette lui avait fait oublier mes charmes, et j'ai eu des torts envers lui mais nous avons convenu à l'instant que nous étions faits l'un pour l'autre.

Villetaneuse. Est-il possible... Lussanville ?

Lussanville. Oui, en effet. Votre fille a su toucher mon coeur, et je m'engage sur ma vie à ne pas vous oublier : tous les invités de mes amis et de ma famille viendront se fournir chez vous pour le grand jour, on n'y verra que perles et satin, mules et talons.

Dolsans. Ah c'est trop fort, on laisse se marier les lesbiennes, à présent ! Quelle époque !

Agathe. Vous avez toujours le mot pour rire, mon cousin, mais je vous assure que Lussanville est un homme de bonne constitution et que sa parole et sa main effaceront de toutes les lèvres les accusations que l'on veut me faire. Parole contre parole, on entend celle du mari. *(Elle embrasse Lussanville)*

Dolsans. Très bien, très bien, tu échappes à la prison mais quand à moi, je compte bien avoir Fanchette.

Fanchette. Et comment donc, puisque vous ne pouvez plus m'accuser ? Quel mal aurais-je pu faire toute seule ?

Dolsans. Les capitaines de police sont des hommes comme les autres...

Villetaneuse. Allons Dolsans, reprends-toi, ce que vient de dire Fanchette n'est rien que de très sensé.

Dolsans. Mais enfin...

Villetaneuse. On ne peut fauter seule, ou de bien peu de chose. Cette histoire me paraissait invraisemblable après tout.

Dolsans. Vous me trahissez...

Villetaneuse. Je t'ouvre les yeux, mon petit. Et puis, si ma fille avait vraiment corrompu la douce et timide Fanchette, si tant est qu'on puisse corrompre la beauté, aurait-elle épousé ce jeune homme ensuite, dans la même journée ? Pour cela il aurait fallu qu'elle les aimât tous les deux avec autant de force, ce qui est absurde.

Dolsans. Bien entendu...

Villetaneuse. Je pense que tu t'es abusé, voilà tout. Et je vois bien que Fanchette ne veut pas se marier encore. Je ne vois pas pourquoi on l'y forcerait. N'est-ce pas Fanchette que tu préfères rester ici avec moi ?

Agathe. Je suis vraiment navrée, maman, de devoir te contrarier dans tes projets, mais je pense que tu sais que Lussanville est riche, et qu'un jeune couple qui s'installe doit veiller à ses affaires. Tout compte fait, une maison mal tenue est sans nul doute le cauchemar d'un honnête ménage, c'est toi qui m'as appris cela.

Villetaneuse. Où veux-tu en venir ?

Dolsans. Oui, où veux-tu en venir ?

Agathe. Notre famille, bien que plus modeste, se doit de contribuer également à ce mariage. Je demande donc à Fanchette de bien vouloir accepter d'être notre gouvernante.

(Fanchette a un grand sourire)

Villetaneuse. Votre... gouvernante !

Dolsans. Votre... femme de chambre ?

Fanchette. J'accepte avec joie, Agathe ! Et... je serais ravie de prendre soin de ce ménage.

Agathe. Nous en prendrons soin... à trois.

Lussanville. Et une femme de chambre est sans attaches, nous ferons ainsi en sorte que ton nom ne soit plus souillé par les jaloux.

Fanchette. Et pour les faire taire définitivement, je jure dès à présent que je ne me marierai jamais !

Dolsans, *estomaqué*. Jamais ! *(à part)* Quoi, ce pied ne sera donc à personne ?

Villetaneuse, *à part*. Hélas, ils étaient tous trop profanes pour ces sacrés pieds-là...

Fanchette. Mais je ne vous oublierai pas madame, ni toi non plus Dolsans. Je viendrai faire des commissions pour la boutique et je vous verrai... tous les jeudis !

RIDEAU

Les étranges messes de Miss Patay

Nouvelle

Il régnait à Paris comme une odeur de liesse. Le métro bondé circulait sans peine tandis que la place de la Bastille se vidait peu à peu d'une foule exaltée, brandissant des drapeaux bigarrés. On venait de célébrer l'élection du nouveau président de la République. Les fenêtres commençaient lentement à se fermer pour laisser les gens profiter de la courte nuit qui les séparait de leur lundi matin. Nous étions quatre, assis près de la bouche du métro qui débordait de monde. Quelques étudiants allaient encore se soûler dans les bars de la rue de la Roquette. Il était convenu que nous serions à cet endroit précis à deux heures du matin, heure où la mystérieuse Miss Patay devait nous rejoindre. Je regardais mes amis d'un air las, les yeux rouges de fatigue, et je décrochai soudain un bâillement qui fit frémir Marie, la seule fille de notre groupe. « Ça suffit » répétait-elle, alors qu'elle ne pouvait s'empêcher de m'emboîter le pas dans un long mouvement de mâchoire. Marie avait la bouche assez carrée et portait toujours un blouson de cuir, les angles de son visage, accidentés, semblaient porter la marque d'un masque mal taillé. Ses longs cheveux couleur de musaraigne tombaient, désordonnés, sur sa maigre poitrine qui se soulevait régulièrement avec un tempo étrange, comme si elle respirait difficilement. Elle souriait sans cesse. Elle montrait toujours les dents quand elle souriait. Ce sourire-là ne s'oubliait pas. C'était le sourire d'une fille moqueuse, il était obsédant, fixe. Insupportable. Celui qui la retrouvait par hasard dans son lit tous les soirs, c'était Ivan. Fils d'un immigré russe travaillant dans une banque d'affaires, il pouvait se vanter d'être à l'abri du besoin. Marie lui apportait le piment qu'il lui fallait dans sa vie, un piment rouge. Le genre de fille dont on peut dire après l'avoir connue : maintenant, je suis un homme. Ivan avait détesté l'alcool, il s'y était accoutumé. Il détestait la cigarette, elle lui en avait mis plein les poumons. Il méprisait le sexe imprévu, elle en avait fait la norme de leur couple. Tant et si bien qu'Ivan avait fini par devenir le contraire de ce qu'il était, s'il avait jamais été quelque chose. Tant que j'en suis à parler de mon groupe de connaissances parisiennes, il me reste à vous parler de Michaël. Ce garçon là était un trésor, capable de vous faire rire en toutes circonstances. Ses blagues amusaient tout le monde et ne heurtaient personne, son visage avenant, son air de toujours avoir confiance rassuraient son entourage. C'était un paresseux sportif, qui avait déclaré sienne cette phrase : prendre son pied, pas sa tête. Naturellement, je l'ai pris en amitié, trop heureux que j'étais d'échapper aux gens sérieux et appliqués que mon caractère et mes études m'imposaient tous les jours. Quant aux deux autres, c'étaient ses amis.

Deux heures dix. Alors que la conversation s'était arrêtée depuis quelques temps, je décidai de me renseigner davantage sur Miss Patay. Michaël m'affirma que c'était la seule femme au monde à comprendre les hommes. Marie se mit à rire et Ivan la suivit. C'était le schéma classique de notre relation. Rien d'anormal donc. Rien qui me renseigne non plus. On m'avait dit qu'elle faisait des « soirées », mais sans plus de précision. L'affaire était entendue, ils n'étaient pas là pour la première fois.

Moi : Cette Miss Patay... quel genre d'invités reçoit-elle ?
Michaël : Elle reçoit de tout, tant que tu as la taille réglementaire.
Moi : La taille ?

Je soupçonnais une mauvaise plaisanterie, déjà Marie souriait. Je fis un effort pour ne pas la regarder.

Michaël : Elle a des délires un peu spéciaux. Elle veut que tous ses invités soient plus grands qu'elle.

Je n'insistai pas et m'assis afin de pouvoir tranquillement détourner la tête alors que Marie continuait à rire pour une raison qui m'échappait. Ivan, lui, regardait ses dents comme un collectionneur d'ivoire.

Une petite brise glacée s'éleva, je commençais à regretter la tiédeur de mon lit, la douceur de ma brosse à dents, les informations qui tournent en boucle et mes pâtes qui cuisent. Une jeune femme d'origine africaine vint à nous; alors qu'elle approchait, on pouvait distinguer sur son visage un léger

sourire. Lorsqu'elle me vit, ses yeux se plissèrent, mettant en valeur la rondeur douce de ses arcades sourcilières. Elle me regardait avec méfiance. Michaël fit les présentations.
Michaël : Voici Coumba, elle va nous emmener à la soirée.
Coumba ne dit mot et se mit à marcher dans la rue de la Roquette. Nous la suivîmes. Elle tourna une fois à gauche puis deux fois à droite. Nous arrivâmes finalement derrière une grille et la demoiselle rentra un digicode. Nous arrivâmes dans l'entrée d'un immeuble tout ce qu'il y a de plus ordinaire. Nulle part sur les boîtes aux lettres je ne vis le nom de Miss Patay, et je commençais à me dire qu'il s'agissait probablement d'un surnom. Nous montâmes quelques marches et nous arrivâmes devant la porte d'un appartement. Coumba frappa à la porte. Quelques secondes plus tard, un bruit de clenche retentit et nous aperçûmes un splendide couloir d'entrée dont les murs étaient tapissés de rideaux de velours rouge recouvrant en grande partie le papier peint suranné. Ce couloir semblait mener à une grande pièce. On nous invita à retirer nos manteaux. J'enlevai mon imperméable. Je portais une chemise bleu vif, assortie à la couleur de mes yeux – du moins tant que la soirée ne serait pas trop avancée. Mes amis étaient plus rapides que moi et bientôt ils arrivèrent dans la grande pièce. Coumba fit alors tomber son propre manteau. Sa tenue était très légère. Elle portait un marcel blanc par dessus un soutien-gorge trop petit pour elle d'au moins un demi-bonnet, et ses jambes apparaissent nues alors que son short ressemblait trait pour trait à la dernière collection de sous-vêtements pour hommes sortie l'été dernier chez une grande chaîne de prêt-à-porter. Autant le reconnaître, c'était un caleçon. Après m'avoir lancé un sourire que je trouvais automatique, elle me proposa des canapés au thon alors que les autres avaient pris place sur le sopha, je refusai poliment et j'attendis, debout, étrangement rigide, ne faisant pas attention aux détails de la pièce. Mon regard se porta sur ce qui semblait être une murène dans un aquarium. Sa laideur, quoique compensée par sa robe tachetée, me redonna inexplicablement du baume au coeur.
La soirée n'avait pas encore commencé. Ou bien elle s'était finie il y a longtemps. Je me demandais quel genre de soirée commençait à une heure pareille. Michaël semblait aux anges et s'allongeait sans grand ménagement à côté de Marie qui

semblait surexcitée. Je me rendis compte qu'Ivan aussi regardait la murène.

En laissant traîner mon regard vers le plafond, je vis une caméra vidéo. Cela accrut probablement ma rigidité car Coumba sentit le besoin de venir me masser les épaules. Je sursautai. Elle retira brusquement ses mains et poussa un soupir. J'allai la rassurer lorsque j'entendis des pas qui venaient vers nous ; les pas de talons hauts, réguliers sur le parquet.

\J

J'étais près de la porte lorsque Miss Patay entra, elle ne me vit pas d'abord. De dos, elle m'apparaissait avec ses longs cheveux lisses qui descendaient jusqu'à la naissance de ses fesses. Ses cuisses, opulentes, étaient soulignées par sa robe courte qui ressemblait à un long t-shirt moulant et pailleté. Ses jarrets étonnaient par la frontière étrange qu'il traçaient entre la richesse de sa cuisse et la pauvreté de son mollet, il semblait que ce dernier la supportait mal et elle avançait toujours en le tendant au maximum comme s'il était affublé d'une crampe. Sa cheville, usée par ses chaussures à talons, donnait naissance à un pied légèrement veiné, de couleur assez brune dont le dessous semblait pourtant d'une absolue blancheur à en croire les légères marques claires sur sa peau de part et d'autre de sa semelle.

Elle salua d'abord Michaël qui la dominait largement de sa hauteur malgré les talons puis Marie et enfin Ivan à qui elle fit comme un sourire complice. Michaël fit alors un geste vers moi en me présentant et Miss Patay se retourna.

Son visage me laissa d'abord perplexe. Il n'était plus tout à fait jeune et pourtant entre les rides et la peau fripée se dessinait un visage sans âge et sans sexe, les pommettes étaient légèrement gonflées, le haut de l'oeil mâtiné de mascara bleu, la bouche avait un teint légèrement violacé. Son thorax était un peu creusé, laissant les clavicules apparentes sous sa fine peau au teint brun léger. Elle m'approcha en levant la tête et se trouva tout de même plus petite que moi. Elle sourit. Elle m'avait accepté. J'étais à présent intronisé avec elle. Michaël semblait soulagé. Il avait une admiration dévorante pour elle et il la manifestait en n'en parlant jamais.

Miss Patay avait quelque chose de décadent et pourtant son aplomb, sa manière de vous regarder, de vous jauger, auraient

fait d'elle une prêtresse tout à fait convaincante. La bienveillance rigoureuse, voilà ce qui la caractérisait. Au premier coup d'oeil elle savait si vous pouviez lui plaire ou non.
Miss Patay : Nous avons un nouveau ici. Il faut qu'il fasse ses premiers pas parmi nous. C'est un enfant du monde. Michaël, je compte sur toi.
Je sentais chez Michaël monter une tension intense, et j'espérais tout à coup qu'il ne soit pas tombé dans un quelconque délire fanatique, sectaire ou que sais-je encore. Ivan avait recommencé à suivre le chemin du poisson dans l'aquarium. Il tentait de passer entre deux plantes mais seule la tête y était parvenue. La murène ne se débattit pas longtemps et passa, puis refit le tour comme si de rien n'était. Marie me regardait à présent intensément. Cela me gêna. Elle souriait encore.
Miss Patay revint avec une boisson de couleur rouge qu'elle m'engagea à boire de son ton le plus doux. Elle avait prit le temps de se changer et était à présent dans une robe de chambre brune tachetée de noir, les traits de son visage, au milieu de ses couleurs, me parurent plus exotiques et je remarquai qu'elle était d'origine asiatique. Je bus doucement le breuvage. C'était légèrement sucré, cela avait le goût de thé. J'avais espéré que ce serait un concentré de caféine pour m'aider à tenir mais il n'en fut rien. J'avais sommeil. Il était plus de trois heures et je ne me sentais pas de commencer une nouvelle soirée. Je demandai à m'assoir sur le sofa. Cela me fut accordé et Ivan me céda sa place, je m'affalai alors entre Marie et Michaël. Miss Patay se mit à parler de son adolescence, des pêches qu'elle allait faire en Thaïlande avec son frère. Ils allaient avec des appâts et se mettaient toujours sur un rocher, loin de la ville et des touristes. C'était comme un rendez-vous privé avec la vie sous-marine. C'était là que, disait-elle, elle avait trouvé le curieux poisson qui avait tant attiré mon attention et qui l'attirait encore. Je n'osais pas la regarder dans les yeux, ou plutôt, je n'y parvenais plus. J'avais besoin de lumière pour distraire ma fatigue. J'entendais Marie qui respirait fort, comme elle le faisait souvent. Mais j'avais l'impression que c'était plus fort. J'étais tout près d'elle. Je voulus m'éloigner, elle me mettait mal à l'aise, j'étais persuadé

qu'elle me regardait. Je rencontrai alors le regard de Miss Patay. Elle me demanda si tout allait bien. Je voulus répondre que oui mais il ne sortait de ma bouche qu'un murmure et mes lourdes paupières se fermèrent à ce moment. La respiration de Marie haletait toujours près de moi. Je transpirais. Toujours les yeux fermés, je demandai de l'eau. On me dit qu'il n'y en avait pas mais qu'on pouvait me donner du lait de coco. J'acquiesçai. On me fit boire. C'était trop crémeux et je dis simplement « merci » avant de m'effondrer avec délice, le dos tout contre la housse du sofa et sous elle le bois, le bois solide qui semblait me retenir. La respiration de Marie ralentit enfin et je pus m'endormir.

\|

Lorsque je m'éveillai, la pièce sentait furieusement l'encens. Quelque chose comme du jasmin. J'avais mal. Je me soulevai péniblement et regardai ma montre. Il était près de trois heures de l'après-midi, je me levai et allai tirer le rideau. Le soleil commençait déjà à descendre vers l'ouest. Je me retournai et vis l'aquarium mais je n'y distinguais plus la murène. En me dirigeant vers l'entrée, j'entendis du bruit et décidai de le suivre. Cela venait de la cuisine. Quelqu'un croquait dans des tartines. C'était Marie. Elle avait l'air fermé, les yeux soulignés de lourdes cernes et semblait n'avoir pas envie de parler. Je m'installai avec elle. Elle continuait de boire silencieusement son café dans un bol jaune.

Moi : Michaël est-il ici ?

Marie : Non, il est parti tôt ce matin.

Moi : Et Ivan ?

Marie : Ivan s'est barré en plein milieu de la soirée. C'est fini, lui et moi.

Moi : Ah... d'accord.

Ce n'était pas la première fois qu'ils rompaient.

Moi : Et notre hôtesse, Miss Patay ?

Marie : J'en sais rien. En tout cas elle t'a adoré, tu sais ? Elle dit que tu as un potentiel incroyable.

Moi : Un potentiel ? Un potentiel de quoi ?

Marie : De foi, de liberté je pense.

Moi : Je me suis endormi au bout d'une demi-heure... ce n'est pas spécialement flatteur.

Marie : Je te dis ce qu'elle m'a dit.

Elle avait repris des couleurs. Son bol fini, elle avait à présent envie d'échanger.
Marie : Hier, tu m'as vraiment fait une forte impression. Quand tu as bu ce truc... c'était un mélange costaud. Comme tu avais la peau rose, jamais je n'avais vu une peau aussi rose.
Elle se laissait aller, c'était courant chez elle, je n'y prêtais pas attention. Le breuvage par contre m'inquiétait et je me demandai si je n'avais pas subi une sorte de coma éthylique. Cela aurait été étrange, car cette boisson ne sentait pas l'alcool.
Marie se mit alors à me gaver de discours abracadabrants : j'étais, selon elle, arrivé à un stade de félicité absolue, je comprenais à présent mieux que personne le monde qui m'entourait, les secrets du monde me seraient révélés pour peu que je le désire, je pouvais à présent avoir un total contrôle de moi-même. Être froid si je voulais, être insensible, quand j'en aurais envie. Au dessus de toute critique, de tout jugement, par delà le bien et le mal, voilà où je me situais pour cette fille extraordinaire qui avait décidément les dents très blanches.
Moi : Tu dis des choses qui n'ont pas de sens, Marie.
Marie : Tu ne t'en rends pas compte, c'est tout. Mais moi je l'ai vu, Miss Patay l'a vu. Tu as un potentiel illimité. Tout ce qu'il te faut, ce sont des fondements, des pierres fondatrices pour t'appuyer. Il faut que tu reviennes à une autre soirée, ce sera ta première communion. Qui sait, peut-être qu'un jour, tu seras l'égal de Miss Patay elle-même ?
Il n'y avait plus à en douter, cette fille était folle, et Miss Patay aussi. Il fallait que je sorte d'ici pour n'y plus jamais revenir. Je demandai où était mon sac et je parlai de mes cours, qu'il fallait à tout prix que j'aille à l'université. Marie voulut m'accompagner, je refusai. Mais elle insista.
Marie : Où tu iras, j'irai, tant que je pourrai, je veux que nous soyons amis, que nous soyons proches.
Je lui dis qu'on pouvait être amis sans pour autant se suivre jusque dans les salles de classe. Elle me fit un sourire dépité et finalement se jeta à mon cou pour m'embrasser sur la joue, comme une enfant, puis elle me souhaita bonne journée et monta les escaliers.
\|

J'arrivai à l'université vers 16h30. On m'avait comptabilisé trois absences et les choses prenaient un tour peu favorable. En plus

de rater de précieux cours, je risquais d'être radié de la liste pour une histoire de soirée... J'avais toujours mal, mal partout. Il fallait que je rentre chez moi, là je prendrais un bon moment pour me reposer et je reprendrais une vie normale dès le lendemain matin. Le soir, je résolus d'aller au cinéma voir un film kitch où viendraient se mêler vampires, sorciers et têtes de citrouilles comme dans les vieilles séries de mon enfance. Mais alors que je m'apprêtais à sortir, j'entendis des coups contre la porte.
Moi : Qui est-ce ?
J'entendis la voix de Marie qui me répondait.
Marie : C'est moi, Marie.
Moi : Qu'est-ce que tu veux ?
Marie : Je voudrais rester un peu avec toi.
Moi : Ce n'est pas possible, vraiment ce n'est pas possible. Un autre jour, si tu veux mais là je suis vraiment pas d'humeur, j'ai eu des soucis à la faculté...
Marie : Laisse-moi juste rentrer quelques minutes, il fait froid dehors...
Il faisait quinze degrés, et le ciel n'était obscurci que par un ou deux cirrus.
Marie : Je veux rester près de toi, tu pourras faire tout ce que tu veux avec moi.
Moi : Ne sois pas ridicule, Marie, que va dire Ivan ?
Je n'osais pas dire qu'elle n'était pas vraiment mon type de fille, mais surtout qu'elle était folle.
Marie : Je me fous d'Ivan !
Elle avait hurlé à travers la porte. Je résolus d'être un peu plus net. J'ouvris la porte et la regardai de haut, cherchant à l'impressionner par ma stature. J'ai songé à croiser les bras mais j'ai préféré les laisser ballants. Marie, à cet instant, se jeta sur moi comme une lionne qui va dépecer sa proie. Le dos contre mon tapis, la douleur me revint, plus aigüe, plus forte qu'auparavant et je ne trouvais pas la force de la repousser.
Marie : Je te veux, tu es habité par une force si tangible que je peux la sentir partout dans mon corps. Tu ne sens pas que je tremble ?
Le devoir moral me poussait à appeler les hôpitaux mais, même avec toute la bonne volonté du monde, je ne pouvais pas bouger.

Moi : Et tu comptes faire quoi ? Abuser de moi ?
Marie se mit alors à frémir, elle s'appuya sur mon torse et se releva. Deux grosses larmes apparurent dans ses yeux, traversant ses lentilles, elle rejeta sa tête en arrière, si bien que l'eau salée s'accumulant près de son nez devint presque comme un lac qui trouve son lit. Je n'avais pas envie de la consoler mais je me fis violence : je savais qu'elle n'allait pas bien.
\|

La lumière de la lune vint caresser les pieds tout blancs de Marie tandis qu'elle s'étirait lentement entre mes draps. Elle ne pouvait entendre que le bourdonnement de la musique que j'avais mis dans mes oreilles alors que je sommeillais à mon bureau. Il était près de dix heures. Michaël ne m'avait pas écrit. Je ne l'avais pas fait non plus. J'attendais qu'il le fasse. Après tout, c'est lui qui avait quitté la maison de Miss Patay précipitamment sans me réveiller ni me laisser un mot. Si je n'attendais pas d'excuse, je voulais au moins une explication qui m'apparut plausible. Mais surtout je brûlais à présent de savoir ce qui s'était dit alors que j'étais inconscient, au moins dans un état étrange proche de l'inconscience. J'étais sûr qu'il pourrait m'en parler une fois qu'il aurait repris contact.
Les minutes passaient, longues. Je ne voulais pas retourner sur mon lit et retrouver mes coussins. Je ne voulais pas m'allonger à côté de Marie et me sentir obligé de profiter de l'instant, d'essayer de trouver, sur ses formes inexistantes, une consolation au mal qui continuait de m'élancer le dos. Et pourtant, je sentais monter en moi une fièvre qui aurait pu me pousser à commettre une telle sottise. Je résolus de sortir. Sans dire un mot, je me levai et je me dirigeai vers la porte. Marie me demanda où j'allais, et je fermai la porte sans répondre. Je l'entendis alors crier :
Marie : Quand tu reviendras, je serai toujours dans ton lit ! Je l'emplirai de mon odeur, j'y sèmerai mes cheveux !
Je la laissai à sa litanie et me dépêchai de descendre les étroits escaliers de bois vernis jusque dans la rue où l'air frais m'arracha aussitôt un éternuement. Je parcourrais la rue à la recherche des quartiers rouges de la ville. Un appétit m'animait, inexplicable, violent, qui semblait n'avoir rien de physique. Je finis par voir, le long d'une avenue, de splendides créatures aux contours de cuir poli qui faisaient de l'oeil aux passants. Alors

que je marchais près d'elles, je ne me résignais jamais à répondre à leurs sollicitations. A chaque fois que je m'approchais d'une d'entre elles, ses défauts m'apparaissaient, le moindre prétexte était bon pour ne pas m'arrêter : une plissure sur le visage, un timbre de voix qui me déplaise, la manière de marcher ou de respirer. Puis, exténué, je m'arrêtai au bas d'un immeuble pour souffler. Une voix me fit relever la tête, une voix aigüe, lente. C'était une passante assez ronde, qui ne devait pas avoir plus de vingt ans. Elle me faisait la discussion, sans aucune raison. Je compris rapidement qu'elle n'était pas une passante ordinaire. Alors mon esprit se laissa entraîner par ses sollicitations sans aucune résistance et je la payais le double de ce que j'aurais jamais consenti à une autre. Elle me laissa même son numéro.
Je me sentais léger. Sans doute avais-je pris la bonne décision. Je pourrai à nouveau me contrôler demain matin. Enfin, nous y étions déjà car il n'était pas loin d'une heure et demie.
Vers deux heures, j'étais revenu chez moi. Marie n'était plus là et c'est avec délectation que je m'étendis sur mon lit, pour enfin avoir une nuit de sommeil bien méritée.

\|

Vers midi, ce mardi, j'avais rendez-vous avec une très jolie fille que j'avais rencontrée sur internet il y a quelques temps. Pour moi, ce type de rencontres avait fait ses preuves, je m'attendais donc à un très bon moment. J'avais choisi avec attention notre lieu de rendez-vous : devant le lac des Buttes-Chaumont, lieu rassurant et champêtre en plein Paris qui encourage les délicates confessions. Pour faire court, c'était mon terrain et je ne pouvais que gagner cette partie. Lorsque je la vis, je sentis aussitôt une vive joie d'avoir mis tant de soin à préparer cette rencontre. C'était une splendide jeune fille noire aux cheveux tressés, à la bouche petite délicate bien que charnue, au regard un peu absent, aux yeux verts avec des reflets d'ambre. Elle était grande et son corps était gracieux ; sans avoir la ligne, elle avait une forme charmante, son ventre légèrement arrondi répondait à ses hanches bien dessinées et s'il était impossible de distinguer les contours de ses jambes, sous cette longue robe, elles semblaient les plus adorables du monde. Elle m'avait intéressé parce qu'elle touchait à tout et était curieuse de tout. Elle commença par m'expliquer qu'elle s'arrêtait parfois au milieu des conversations pour écrire de « petits poèmes » de quelques vers. Ainsi, elle notait ses impressions à chaud. Elle faisait cela parce qu'elle se trouvait incapable de réflexion. Faire les choses à froid, ce n'était « pas son truc ». Si un poème n'était pas bon, il fallait le jeter, elle en ferait un autre. Elle voulait être l'auteure des « écrits qui s'envolent ». Elle avait remarqué la volupté dans mes yeux et s'amusait, tandis qu'elle parlait, à prendre toutes sortes de positions, comme si elle posait pour un nu artistique. Elle faisait ça, pensais-je, pour exciter mon imagination. Mais je me sentais étrangement calme. Disponible pour l'amour des ballades, et des longs discours. Mes sens étaient en éveil, poussés par ma curiosité intellectuelle. Nathalie – car c'est ainsi qu'elle se nommait – passa à un moment sa main sur mon visage. Elle s'arrêta, rougit, et sortit son bloc-notes. Elle refusait que je lise. Quand elle finit, ses yeux se plongèrent longuement dans les miens. Presque sans mot dire, nous prîmes la direction de chez moi. Nous passâmes mon seuil sans qu'elle ne montre la moindre hésitation. Elle n'avait pas faim et s'étendit sur le lit, car c'était la seule surface où s'asseoir à part mon siège de bureau. Les plis de sa robe claire ressortaient sur mon drap sombre et tendu. Sa bouche s'entrouvrit légèrement et elle y laissa couler le jus d'orange que je lui présentai. L'envie de lire la prit subitement, elle ouvrit ma bibliothèque en écartant fébrilement les portes de plexiglas. Ses mains couraient le long du fin film plastique qui recouvrait la couverture des *Fleurs du Mal.* Je n'avais jamais remarqué que ces couvertures brillantes étaient en fait recouvertes de ce plastique fin... Elle se plongea dans la lecture, et alla de page en page, comme si elle était traquée, haletante. Elle disait qu'il fallait faire respirer les mots, faire balbutier les paragraphes, qu'on ait l'impression que ce bel édifice pourrait être en chocolat, que tous les caractères pourraient s'envoler et qu'il faudrait les rattraper. La « Charogne » lui causa une déglutition et « Femmes damnées » la fit pâlir. Bien sûr, elle se laissait extraordinairement aller et j'avais du mal à la suivre. Après tout, aussi bon et splendidement écrit qu'il soit, cela restait un livre. Alors qu'elle se laissait emporter par le rythme de l' « Invitation au voyage », lisant à voix haute, faisant vibrer le doux timbre de sa voix cristalline et faisant grincer mon faible lit qui n'avait jamais

connu une passion pareille, un bruit la fit sursauter. Des coups sourds, furieux, frappaient à la porte.
Elle me demanda ce que c'était. J'eus d'abord un frisson d'inquiétude en pensant à Miss Patay mais c'était ridicule. Elle ne savait pas où j'habitais et n'avait aucune raison d'aller me chercher. Mon esprit s'échauffait.
Moi : Attends, je vais voir.
C'était Marie, quand elle m'entendit approcher de la porte, elle se mit à crier.
Marie : Fais sortir cette pétasse ! Elle n'a rien à faire chez nous ! Pourquoi tu me mets à la porte comme ça ?
Elle criait fort et Nathalie l'entendit. Elle devint pâle. Je sentis la colère qui montait en elle, je ne pouvais pas la maîtriser. Elle ne me croirait pas. Elle n'avait aucune raison de me croire. Elle prit brusquement son sac. Je vis alors que quelque chose de brillant en était tombé. Elle me demanda de m'écarter. Ce que je fis, en lui assurant que c'était une ex (je n'avais rien trouvé de mieux) qui ne supportait pas de n'être plus avec moi. Nathalie ne voulut rien entendre mais lâcha, juste avant d'ouvrir la porte, que j'avais toujours son numéro. Elle passa devant Marie, qui juste avant frappait encore la porte comme une furie. Cette dernière, alors que Nathalie descendait rapidement, se mit à l'injurier avec tout ce qui lui vint à l'esprit, se comportant exactement comme si elle avait été une petite amie de trois ans extrêmement possessive. Mes yeux s'arrêtèrent un instant sur elle. Elle avait l'air si fière d'elle, si insolente. Elle tourna bientôt ses yeux vers moi et montra à nouveau son sourire. Je n'en pouvais plus. Je l'attrapais par le blouson, fermai la porte et, descendant d'un coup son pantalon moulant et sa culotte à pois, je la pris contre la porte.
\|

J'avais bien dormi. Quand je regardai la petite table sur laquelle je mangeais tous les jours, je vis que mon petit-déjeuner était déjà prêt. Marie avait servi des oeufs cuits avec du jambon. Il était tôt. J'étais en avance pour mes cours. Alors que je mangeais tranquillement, Marie, en face de moi, semblait joyeuse. J'évitais de trop la regarder.
Marie : Tu as pris conscience de ton potentiel hier.
Je baissai la tête. J'avais honte. J'avais soulagé une tension, cédé à un besoin immédiat. Je ne regardais pas du tout cela

comme un quelconque potentiel. Sans doute aurait-elle dit ça de n'importe quel homme, pourvu qu'elle l'ait mené par le bout du nez.
Marie : Elle était très jolie.
C'en était trop, je me levai, furieux. Dans ce mouvement, je me fis une tache.
Marie : Calme-toi.
Elle prit ma chemise et la retira délicatement. Je n'osais même plus bouger, ma colère était retombée d'un coup, comme un petit enfant qui regrette une crise. Elle en apporta une autre, rouge foncé. Une chemise que je ne mettais jamais. Elle voulut y associer un gilet et une cravate. Je lui répliquais que j'allais à la fac, pas à un rallye. Son sourire me fit céder et je revêtis également une veste de costume un peu empoussiérée.
La journée à la faculté fut morne, comme beaucoup d'autres. Michaël n'appelait toujours pas. Je surveillais mon téléphone très fréquemment, ne cessais de consulter mes messages électroniques. Finalement je me décidais à l'appeler. Je laissais sur son répondeur un message plein de reproches mais je me ravisais à la fin du message. La petite voix cependant m'avertis que j'avais atteint le temps maximum d'un message, me proposa de le réécouter et, essuyant mon refus, me raccrocha au nez. Je m'assis sur un banc et je tentais de résumer ce qui m'arrivait. Je vivais désormais, plus ou moins en concubinage forcé, avec une fille que je ne supportais pas, je me retrouvais animé d'un appétit étrange pour les choses de la chair, sans pouvoir me contrôler, et surtout sans le vouloir. Chez d'autres personnes, cela aurait pu paraître naturel mais chez moi, cela en aurait étonné plus d'un. Je ne m'intéressais pas beaucoup à mon corps. Sans délaisser les fantasmes, je n'accordais que très peu d'importance à leur réalisation. De plus, je voyais le sexe comme un sujet affreusement banal : ce qui intéressait tout le monde ne pouvait qu'être affreusement vulgaire. Il y a deux siècles, il était encore transgressif et excitant, mais aujourd'hui, il était un produit à mi-chemin entre le yoga, la barre chocolatée et le jogging. Une fatigante et apaisante douceur à consommer. Ses formes extrêmes avaient toutes été testées, approuvées, catégorisées, mises à disposition. Vu comme ça, cela ne pouvait pas être passionnant.
Je rentrai rapidement, décidé à demander à Marie si elle

comptait rester et préparant un argumentaire affûté pour la convaincre de rentrer chez elle. Elle m'accueillit dans une jolie robe de chambre vert émeraude qui tranchait complètement avec son aspect général. La robe de chambre était assez courte et ses jambes étaient encore nues, éclairées par le soleil qui se couchait doucement. Elle me sauta au cou avant que j'aie pu dire un mot. Je ne la voyais pas comme ça. Vraiment pas. Avec ses deux bras autour de moi, je ne pouvais m'empêcher de regretter Nathalie. Évidemment, je ne l'avais pas appelée.
Marie : Tu as retrouvé Michaël ?
Ce qu'elle avait le chic pour poser des questions agaçantes.
Marie : Tu ne dis rien. Ça veut dire non. Tu sais, il était très heureux à la fin de la soirée.
Une pointe de curiosité m'envahit et je passai tout d'un coup par dessus mon orgueil.
Moi : Qu'a t-il fait à la soirée ? Que s'est-il passé ?
Marie : Tu t'es abandonné sur un sofa, tu t'en souviens ?
Moi : A vrai dire, je ne me souviens que de cela.
Marie : C'est là que nous avons assisté à ta métamorphose.
Moi : C'est une blague ? Tu vas me faire le coup de la créature qui est en moi ?
Je déteste les discussions qui me donnent l'impression d'être dans un mauvais film.
Marie : Tu as été magnifique. Tu es devenu plus pâle, tes yeux se perdaient dans le vide et tu respirais avec...comment dire ? Une intense félicité.
Moi : Je t'entendais respirer fort à côté de moi.
Marie : Ça me fait toujours ça, le rituel.
Moi : En quoi consiste le rituel ?
A ce moment Marie, qui décrocha encore, comme une archère à l'affût, son inexprimable sourire, me dit qu'elle ne pouvait me l'expliquer précisément ; Qu'un des invités devait boire un mystérieux breuvage, et que les réactions de tous étaient différentes. Cette boisson était préparée par Miss Patay elle-même et personne n'en connaissait la composition. Elle me dit que j'aurais l'occasion de voir cela ce soir car Miss Patay refaisait une autre soirée. Je refusai de m'y rendre. J'avais beaucoup de travail en retard. De plus je n'avais pas trouvé l'expérience formidablement enrichissante, contrairement à elle, et je le lui dis. Elle fit d'abord une petite moue puis,

retrouvant sa gaîté, me dit que cette fois, ce serait elle qui boirait l'étrange breuvage.

Sa mine, sa manière de balancer sa tête sur le côté, sa surexcitation constante m'ont fait céder, je l'avoue. Cela m'amusait de pouvoir regarder sur elle les effets de ce qui m'était arrivé, et sans doute, qui sait, arrêterait-elle de m'ennuyer une fois qu'elle aurait vécu cette sensation. A moins que ce ne soit pas la première fois...

Ce soir là, en retournant rue de la Roquette, j'avais l'espoir de croiser Michaël. Il ne pourrait pas rater cela. Et je pourrais lui dire tout ce que j'avais sur le coeur.

Oui, il était là, ce lâche. Adossé à une cabine téléphonique sous la pluie. Je me précipitais vers lui.

Moi : Qu'est-ce que tu faisais, mon vieux ? Pourquoi tu ne réponds pas ? Tu m'as laissé tout seul là bas, ce n'est pas cool.

Il ne répondait pas, il avait le visage fermé. Cela le rendait méconnaissable.

Moi : Alors, qu'est-ce qui s'est passé ?

Michaël : Ça va, arrête de te plaindre, tu as Marie.

C'était trop fort. Mon ami, peut-être même mon meilleur ami, me reprochait lui aussi cette sangsue. Mais qu'avais-je donc fait avec elle pour mériter une telle réaction ?

Moi : Mais enfin, c'est elle qui s'est installée chez moi sans me demander mon avis !

Michaël : D'accord, elle est chez toi. Je comprends mieux. Je vois pas ce que tu lui trouves.

Moi : Mais je lui trouve rien du tout, justement !

Je disais cela bas, elle m'attendait à côté de la bouche du métro. Je n'aurais pas eu cette indélicatesse à haute voix.

Michaël : Elle m'as écrit pour me dire que tu l'avais baisée chez toi. Elle a aussi écrit à Ivan. C'est faux ?

J'eus l'intense sensation d'avoir été pris au piège. D'accord, j'avais cédé, mais en quoi était-ce coupable ? Qu'Ivan m'en veuille, c'était normal, mais pourquoi Michaël ?

Moi : Qu'est-ce que ça peut te faire ?

J'avais dit cela simplement, sans intention particulière, et même avec un léger rire dans la voix. Je crois qu'il prit cela pour du mépris.

Michaël : Tu es vraiment un sale type. Et pourtant tu as été extraordinaire. Sans doute tu le seras encore ce soir. Je ne

laisserai pas mes sentiments personnels entrer en jeu mais je te le dis, tu es un sale type.
Il délirait. Quelque chose n'allait pas dans sa vie sans doute. Mais j'avais déjà encaissé suffisamment. Je retournai avec Marie, jetant de temps en temps un coup d'oeil du côté de mon ami. Je m'obstinais à ne pas le regarder. Nous attendions Coumba.
Elle ne vint pas. C'est Ivan que nous vîmes arriver vers deux heures, habillé en noir de la tête aux pieds. Je sentis un léger pincement au coeur lorsque je le reconnus. Il semblait satisfait de me voir, mais cela ne me rassurait pas tout à fait. Il nous invita à le suivre. Miss Patay nous attendait. Nous refîmes le même chemin que la première fois, mais il me sembla plus court. Nous passâmes la porte de l'appartement de Miss Patay, Marie ne cessait de se cramponner à mon bras. Ivan n'exprimait aucune espèce d'émotion. On aurait même pu dire, à l'observer, que Marie lui importait peu. Je parcourrai à nouveau le couloir de l'appartement, et sentit des odeurs différentes de la dernière fois. Lorsque j'entrai dans la grande pièce suivi des autres, ce fut un festival d'odeurs et de couleurs. Tout l'appartement avait été envahi de tentures aux couleurs luxueuses : pourpre, doré, ambre, émeraude... des plumes garnissaient les luminaires, des peaux de bêtes recouvraient les fauteuils et les odeurs, mélangées, vous pénétraient les narines jusqu'à l'écoeurement. L'odeur des roses, douce et localisée, se heurtait à une rustre senteur de viande cuite, à cela s'ajoutait les vapeurs de miel, les aérosols de lavande et de pistache, les senteurs de citron, les cannelles, les encens et les gousses de vanille. Il y avait encore des fleurs en pleine santé, exhalant d'autres parfums mystérieux. L'aquarium, quasiment vide la dernière fois, s'était empli de dizaines de petits poissons de toutes les couleurs qui allaient et venaient entre les algues artificielles. Les alcools eux-mêmes semblaient s'être pliés au jeux des couleurs et le rhum précédait l'absinthe, et suivait le sherry. Dix bouteilles se suivaient sur le service et toutes les couleurs y étaient représentées. Jusqu'au gris. Coumba avait été intégrée à ce somptueux décor, elle était allongée sur un sopha d'osier et portait un soutien-gorge et une culotte blanc ivoire, et de nombreux bijoux. Elle fumait une chicha mais il était impossible d'en distinguer le parfum. Ivan s'était posté à

l'entrée et restait debout, étonnement rigide.
Sur un petit buffet, de nombreuses viandes étaient cette fois servies, accompagnées de sauces de tous les pays et de toutes les cultures, réparties selon le spectre de l'arc-en-ciel. Nous avions tous les trois très faim et nous mangeâmes tranquillement. Michaël me dit même quelques banalités et trouva une ou deux fois le moyen de me faire rire. Je ne devais pas me faire de souci, tout allait rentrer dans l'ordre. Marie était calme, elle ne s'ennuyait pas trop bien qu'elle aimait manifester son étonnante possessivité quand elle le pouvait. Au bout de quelques minutes, elle demanda à Ivan un verre de rhum et tandis qu'il lui servait (il était apparemment chargé du service), elle se mettait à m'embrasser sans que je m'y attende avec fougue et hargne. Mes gencives durent supporter plusieurs assauts inopinés de sa langue. Mais Ivan se mettait toujours à sa disposition et ne prenait pas garde au comportement de Marie. Il respectait un incroyable protocole. « Une éducation russe », me disais-je. Un temps plus tard, alors que nous commencions à être repus, Ivan monta les escaliers, disparut dans l'une des pièces et en ressortit presque aussitôt.
Ivan : Miss Patay a préparé un bain de pétales de rose pour son ami Michaël, elle le prie de bien vouloir l'accepter.
Michaël, enchanté de pouvoir vivre si bien sa digestion, s'empressa de suivre Ivan qui le conduisit à la salle de bains. J'avais envie de voir cette merveille mais le talentueux majordome m'arrêta.
Ivan : Miss Patay m'a fait savoir qu'elle vous attendait, vous et Marie, dans sa chambre.
Sa chambre. Le mot était tombé comme une pierre sur mon crâne. Marie avait entendu en bas de l'escalier, et, en regardant vers elle à travers l'aquarium, je vis le banc de poissons se cacher sous les cailloux. Marie monta l'escalier avec précaution, elle respirait très fort, on aurait dit un pécheur superstitieux qui, avançant jusqu'à la nef de son Église, croit voir son dieu en levant la tête.
Mais pour moi, c'était clair. Il n'était pas question de rejoindre Miss Patay dans sa chambre. J'en avertis Marie qui me poussa contre la porte de la chambre, dans un accès d'énergie étrange. Je compris qu'elle essayait de reproduire ce qui s'était passé chez moi, bien que nous ne soyons pas seuls, je me débattis et

ouvris malgré moi la porte. Nous tombâmes à la renverse sur un lourd tapis ocre aux poils drus. Nous entendîmes la porte se refermer doucement. A présent, les odeurs avaient disparu et seule la fumée d'une cigarette venait chatouiller nos narines alors que nous étions quasiment face contre terre sur le parquet de cette pièce. Il faisait sombre. Miss Patay devait s'éclairer à la bougie. Nous étions tout tremblants, Marie surtout. Elle semblait avoir comme des convulsions. Tout d'un coup, elle étouffa un cri. Elle venait de voir Miss Patay étendue sur son lit bleu, recouvert de son dessus de lit, parfaitement hors de toute intimité. Elle était là, en effet. Allongée comme la Vénus du Titien, et vêtue de la même robe de chambre que l'autre jour, ses cheveux noirs s'étalant sur le dessus de lit d'un bleu affreusement banal et terne qui rappelait son mascara à la lumière des bougies. Là aussi il y avait un aquarium. Plus petit, et moins éclairé. Mais je pus quand même voir, derrière les bulles, la tête de la terrible murène qui montrait ses petites dents pointues. On aurait dit qu'on l'avait privé de déjeuner. Miss Patay sourit et nous souhaita la bienvenue.

Miss Patay : Je savais que tu reviendrais. Tu sembles t'être bien remis de la dernière fois.

Elle se leva et vint se mettre juste en face de moi, son front touchait mon menton. Et elle le regardait, ce menton, avec une expression qui la faisait paraître frétillante. Elle retourna sur son lit et se roula dessus, elle avait envie de rire, de s'amuser. Nous n'osions pas bouger. Sa robe de chambre mettait, au fil de ses mouvements, de temps en temps à nu ses épaules et ses cuisses.

Miss Patay : Alors, qui boira ma petite potion ce soir ? C'est toi, Marie, n'est-ce pas ? Vu que j'ai chassé ce pauvre Michaël de nos festivités...

Elle attrapa un gros serpent en plastique qui était sur sa table de chevet et se mit à lui faire des grimaces.

Miss Patay : Vous savez, quand j'étais petite, j'adorais faire peur à ma maman avec ça.

Nous ne répondions toujours pas et restions debout, comme tétanisés.

Miss Patay : Alors ? Vous n'êtes pas drôles. Dérouillez-vous un peu. Marchez ou asseyez-vous sur le lit mais ne restez pas plantés là. La rigidité n'est bonne que lorsqu'elle est contrôlée.

Regardez ce cher Ivan, il a trouvé sa place dans le monde. Ce qu'il lui fallait, c'était rester toujours rigide. Son corps et son esprit s'en portent mieux.

Marie s'approcha timidement et baissa la tête.

Marie : Je suis prête à prendre le breuvage, Miss Patay.

Miss Patay : J'aime mieux ça. Ce que vous aviez l'air perdus en entrant ! Détendez-vous, je vous en prie. Ma maison n'est pas un lieu où l'on angoisse, je ne supporte pas ça. Vous savez, je suis très angoissée, j'ai besoin qu'on me rassure.

La murène se tortillait maintenant sous la surface de l'eau, elle semblait suivre la lumière. Marie s'assit sur le lit. Miss Patay, aussitôt, roula jusqu'à un de ses meubles, le tira vers elle et en sortit une poudre qu'elle versa dans un bol puis elle mit en route une bouilloire et bientôt la boisson fut prête. Cette fois, elle était bleue, bleu vif. Elle me demanda de faire boire Marie, ce à quoi j'étais très réticent mais ses ongles sur la peau de mon avant-bras eurent raison de ma détermination et je fis boire la demoiselle. Elle devint d'abord assez pâle, si pâle, que je crus qu'elle allait faire une malaise puis elle se jeta à plat ventre sur le lit et se mit à avoir des mouvements convulsifs. Son bassin s'agitait énormément. J'essayais de la calmer mais rien n'y faisait, Miss Patay avait quitté le lit et regardait Marie assise sur le sol avec une expression indéchiffrable. Puis, Marie se mit à pleurer, elle pleurait sans cesse, elle s'accusait de choses terribles en balançant sa tête contre le matelas.

Moi : Que lui arrive t-il, Miss Patay ?

Miss Patay : Elle se révèle. Tu devrais l'aider.

J'entendis un bruit sourd, je sursautai. Je fus vite soulagé. C'était simplement ce sale poisson qui avait tapé contre la vitre de l'aquarium. Marie avait à présent le visage enfoncé dans un coussin et sanglotait, je la pris dans mes bras. Alors elle ne voulut plus me lâcher. Ses doigts s'enfoncèrent partout où ils le pouvaient sur mon corps, elle m'agrippa de tous ses membres et me mordit à l'épaule. J'avais mal mais je la laissais faire, je sentais ses dents se tenir solidement à ma chair. Ses pieds me marquèrent les cuisses. Je lui parlais sans cesse, j'essayais de la raisonner, de la consoler, de lui dire que je n'allais pas l'abandonner. Elle cherchait toutes les occasions de pouvoir me serrer plus fort. Elle respirait maintenant très bruyamment, en retenant son souffle à chaque fois. Au bout de quelques

minutes, elle me fit un chantage qui consistait à retenir sa respiration tant que je ne l'embrassais pas.
Marie : Donne-moi de l'air, plus d'air...
Et elle se balançait entre mes bras, elle tremblait dans son délire. Miss Patay la regardait attentivement. Elle avait enroulé son faux serpent autour de son cou. A un moment, constatant que le comportement de Marie n'évoluait pas et n'appréciant pas la manière dont j'essayais de la raisonner, elle appela Ivan et lui demanda de l'aider à attacher Marie. La pauvre, dans son délire, hurlait et pleurait, demandait à ne pas être enfermée et l'instant d'après les suppliait de le faire en guise de rédemption pour ses fautes. Miss Patay amena d'un placard deux grosses chaînes de fer et Ivan lui appliqua aux poignets si bien qu'elle fut attachée par la moitié du corps et que seules ses jambes pouvaient encore bouger. Elle avait ôté ses chaussures dans son désespoir et ses petits pieds tout blancs piétinaient sur le parquet. Elle tenait à présent des propos incongrus :
Marie : Apprenez-moi une langue, je veux connaître toutes les langues... donnez-moi du papier, je dois écrire... il me faut des fraises, des belles fraises rouges et juteuses... et des kiwis, des kiwis trop mûrs pour m'en mettre sur le corps ! Je mangerais bien un régime de bananes ! Jetez-moi dans un champ de jasmin !
Je m'opposai à ce qu'on la laissât ainsi. Miss Patay me dit que la personnalité de Marie était oisive et qu'elle était incapable de maîtriser ses émotions.
Miss Patay : C'est une fille froide, elle est en train de fondre comme une banquise. Elle a pris le risque de boire, elle n'aurait pas dû.
Moi : Mais quelle différence y a t-il avec moi ? Comment y ai-je réagi ?
Miss Patay : La différence qu'il y a entre le bonheur et le désespoir. Tu as réagi en t'éveillant, elle réagit en hurlant dans la nuit de son cauchemar.
Je me penchais à nouveau vers Marie, ses joues étaient trempées de larmes et elle tentait d'embrasser la paume de ma main alors que j'esquissais une caresse sur son visage. Je me sentis devenir froid. Je n'avais jamais rien éprouvé pour elle et je n'allais pas commencer. Miss Patay avait raison. C'était juste une petite égoïste frigide, une sangsue qui n'a pas d'autre

objectif dans la vie qu'être une nuisance pour les autres.
Comment avais-je pu me laisser avoir par elle alors que la belle Nathalie m'avait échappé ? Je me confiais alors à Miss Patay, je lui demandais ce que je devais faire maintenant.
Miss Patay : Tu as montré avec Marie que tu pouvais te faire beaucoup de mal, il serait peut-être temps d'inverser la tendance. Qui t'a apporté joie et bonheur récemment ?
J'étais tenté de répondre « Vous » bien que je n'ai aucune raison objective de le penser.
Moi : Deux personnes... une prostituée amateur que j'ai rencontrée un soir que j'étais dans le besoin et Nathalie, une charmante jeune femme que Marie m'a fait perdre.
Miss Patay sourit, elle avait à présent entre ses mains délicates deux des plus gros secrets de mon coeur. Elle embrassa mon front et vaporisa dessus un parfum qui ne ressemblait à aucune odeur connue. Il rappelait vaguement le miel et le lait pour bébé.
Miss Patay : Tu dois, d'ici trois jours, où la prochaine soirée a lieu, ramener ici ces deux personnes.
Moi : Ensemble ? C'est impossible !
Miss Patay : Ton potentiel ne se révèlera que si tu réunis les deux parties brisées de ton être. Ton être s'incarne à la fois dans cette prostituée aux dehors naïfs et dans cette charmante jeune femme aux moeurs sérieuses. Qu'elles viennent l'une après l'autre n'est pas un problème mais il faut qu'elles soient au moins quelques minutes toutes les deux là en même temps. Si je ne les vois pas en même temps, je ne serais pas en mesure d'achever ta métamorphose.
C'est avec l'air pensif que je descendis l'escalier qui ramenait à la salle à manger. Coumba m'aperçut.
Coumba : Tu as une mission difficile à ce qui paraît ?
Je ne voulais pas savoir comment elle était au courant.
Coumba : Tu sais, je crois que la prostituée dont tu as parlé, c'est ma cousine, Fatou. Ça sera pas difficile de la faire venir ici.
Moi : Ta cousine se prostitue ?
Coumba : Elle a toujours été le maillon charnel de la famille. Et je suis l'une des seules à encore lui parler. Cette fille, elle est d'une grâce, mais d'une grâce...
Moi : Comme toi, en somme ?

Coumba rougit du compliment et me fit un clin d'oeil avant de remonter pour rejoindre sa chambre. En allant pour sortir de l'appartement, je vis Michaël, une serviette sur l'épaule, qui me saluait.

\|

Cette nuit là, je la passai à réfléchir. Marie était pour l'instant sortie de ma vie, j'avais le champ libre. Miss Patay m'avait engagé à mettre une grande partie de ma vie en jeu. Mon groupe d'amis était à présent permanent chez elle et Miss Patay avait résumé mon être à deux personnes que je n'avais connues que récemment. Mais y en avait-il beaucoup d'autres ? Je n'avais pas d'ami à la fac, tout juste quelques personnes qui parlaient de cours. Ma famille était déchirée dans une séparation que je ne comprenais pas. Une de mes soeurs était partie aux États-Unis pour étudier l'art contemporain (mais pourquoi l'art contemporain ?). Ma nuit a finalement été très courte. Parfois je me réveillais, le coeur battant, en songeant aux sanglots de Marie, si neufs, ni inhabituels. Le souvenir du bruit des chaînes me faisait frissonner. Était-ce parce que je n'avais pas réagi ainsi qu'elle avait cette opinion de moi ? Si je voulais amener Nathalie et ma petite passante, Fatou, avait dit Coumba, il faudrait que je la joue fine. Je décidais de m'occuper d'abord de Nathalie.

Finalement c'est vers onze heures que je décidai de l'appeler. Elle ne décrocha pas. Je lui laissai un message lui demandant de m'excuser pour ce qui s'était passé l'autre jour, que j'avais convaincu Marie de ne plus revenir et que j'aimerais la revoir. Puis je lui citais un poème de Verlaine qui commençait ainsi : « *Il faut, voyez-vous, nous pardonner les choses. De cette façon nous serons bien heureuses, Et si notre vie a des instants moroses. Du moins nous serons, n'est-ce pas ? Deux pleureuses.* » J'espérais que la musique de *Romances sans paroles* me dispenserait d'user de trop de mots. Ce ne fut qu'en début d'après midi qu'elle fit fonctionner son téléphone à son tour. Je sentais qu'elle avait le sourire au téléphone : finalement, cette histoire avec Marie l'avait surtout amusée. « J'espère que tu l'as punie » me dit-elle en riant. Cela ne m'amusait pas mais je fis semblant d'en rire. Nathalie avait une facilité pour parler, si bien que je n'avais pas besoin de chercher de sujets de conversation, et, il faut le dire, c'était très reposant. A la fin de notre conversation, je me sentis coupable d'avoir de telles intentions à son égard. Que ferais-je si Miss Patay décidait de lui faire boire son étrange boisson ? Rien ne nous empêchait de partir. Et puis ce serait un formidable test et surtout une belle occasion de nous rapprocher.

Elle accepta de me retrouver après les cours. Je quittai en avance le dernier et la retrouvais dans la gare du Nord, grouillante de monde, en fin d'après-midi. En me voyant, très expansive, elle mit ses bras autour de de moi avec un rire de joie. Décidément elle était celle qu'il me fallait. Après tout, était-ce bien nécessaire de l'amener chez Miss Patay ? Nous pourrions nous fréquenter, devenir proches. Si proches que nous tomberions vraiment amoureux l'un de l'autre. Je quitterais alors mon studio pour chercher avec elle un petit appartement en banlieue parisienne, je la verrais tous les soirs, nous partagerions nos repas, notre lit, nos passions, nos soirées, nos livres et nous pourrions à tout instant décider de nous isoler du monde. Nous pourrions passer la journée à Fontainebleau, à marcher le long du canal du château, se délecter de la vue des objets d'art, passer des après-midis entières au Centre Pompidou ou dans les parcs d'attractions. Une vie de petit-bourgeois englué dans sa banlieue parisienne et vivant sur un îlot sans se préoccuper du progrès social, culturel ou historique de notre monde ? C'était parfait. Les pratiquants de cette religion de l'indifférence vivaient leur vie bien mieux que les autres et lorsqu'on avait pas de grands projets pour se faire souffrir, on goûtait volontiers les plaisirs simples d'une vie banale et privilégiée, sans avoir à beaucoup se soucier d'argent. Oui, cette vie me faisait rêver. Mais j'avais toujours faim. Il fallait que je mène mon projet à exécution. Et après, je serai apaisé, après, je pourrai plonger dans le bain chaud de mon sacro-saint confort.

Nous choisîmes une petite brasserie où il n'y avait pas foule devant l'hôpital de Lariboisière, et j'eus l'occasion pendant tous le repas d'observer les fins traits de ma rose noire. Ses épaules étaient toujours dénudées. Son visage changeait souvent d'expression très vite et elle animait la conversation par des accès de joie ou de tristesse en fonction des sujets abordés. Une chose qui aurait arraché un haussement de sourcil à un homme comme moi devenait pour elle matière à des émotions incroyablement variées. Elle partageait perpétuellement ses impressions, spontanément, et son franc-parler accompagnait cela avec un merveilleux à-propos.

Nathalie : Tu te rends compte que c'est très difficile de se trouver des sandales dorées qui vaillent le coup ? Je pense que je vais rendre la robe.

Elle parlait souvent de parure, et prenait les apparences très au sérieux. Elle aurait paru superficielle aux intellectuelles ordinaires qui l'auraient méprisée derrière leurs lunettes. Pourtant nul sens n'était plus aiguisé que le sien. Elle buvait beaucoup de café, et de manière générale, elle adorait les choses au café. Sa famille était originaire des Antilles et son père lui avait appris à reconnaître le bon café. Si bien qu'elle était souvent déçue dans les troquets. Ses yeux verts. C'était toute la nature que je voulais dans ma vie, que m'importait d'être loin de l'air pur pourvu que je puisse les regarder encore. J'étais sans conteste amoureux de cette fille. Je laissais ma main posée sur la table, paume en bas. Comme je m'y attendais, elle y posa aussi la sienne, je n'avais plus qu'à avancer doucement ma main pour rencontrer la sienne. Nos couleurs mêlées alors que nos doigts s'entrelaçaient me fit monter une émotion intense et je versais deux larmes sans savoir pourquoi.

Nathalie : Il ne faut pas pleurer, tu sais ? Ce n'est pas si terrible.

Elle sourit et ses lèvres, ses dents, son visage tout entier effaça en un instant le souvenir de Marie, tout mon corps sembla se relâcher et c'était comme si je retrouvais le vrai usage de mes bras et de mes jambes. Je voulus que nous partions vite pour marcher ensemble. Elle accepta avec joie et nous partîmes peu après, nous courrions dans les rues en nous tenant la main, évitant les obstacles et les passants. Nous arrivâmes à côté d'une église, et un petit banc de terre et d'herbe s'offrait à nous. Il n'y avait là qu'un vieux chinois qui lisait un journal. Je reconnus l'organe du Parti Communiste. Nathalie s'allongea, exténuée sur le banc devant le mur de l'église. Elle était en sueur car il faisait beau. Je m'accroupis près d'elle et je lui massai doucement la tête. Le soleil filait le long de ses jambes couleur d'ambre et son genou brillait. Je sentais bien qu'elle avait envie de rester avec moi et qu'elle ne se déciderait pas à demander à rentrer chez elle. Alors je l'entraînais jusqu'à chez moi, et dès que nous eûmes passé la porte, nous nous embrassâmes longuement et tendrement, ses mains entouraient mes épaules, sa cuisse allait se mettre contre ma taille. Elle embrassait doucement, délicatement, en vivant ce moment avec une intensité rare et entre ses bras, je pouvais me laisser aller au rêve doux et familier de cette femme qui a tout et qui se penche sur mon coeur pour y déposer ses trésors. Reste, Nathalie, je t'en prie, reste. Miss Patay est vaine, elle ne comprend rien à la vie, elle se complait dans des rites idiots et sans saveur. Quelle différence d'une communion à une autre ! Je sentais que cette prêtresse-là pourrait encore dans cinq ans réciter le même couplet et obtenir une attention plus intense encore. Cette nuit-là fut délicieuse, indescriptible. Et Nathalie resta auprès de moi jusqu'au matin où il fallut qu'elle parte travailler. Ses cheveux m'avaient entraîné dans leur mouvement serpentin, et j'entendais quand elle respirait une musique douce. Il semblait que ses mains absorbaient et diffusaient la lumière. Reviens, Nathalie, reviens.

Alors que j'étais à la fac, ne pensant désormais plus qu'à ma belle, n'écoutant même pas ce qu'on me disait, j'entendis mon téléphone sonner. Je décrochais à toute vitesse. C'était Coumba. Elle m'assurait qu'elle avait convaincu sa soeur de venir.

Coumba : Elle était pas très chaude au départ mais ma cousine est terriblement curieuse.

Je ne savais pas quoi dire. Ou en fait si, je le savais.

Moi : Je ne sais pas si je vais venir, cette fois.

Coumba : Ah bon, pourquoi ? Miss Patay va être très déçue.

Moi : Je crois que j'ai compris ce qu'il me fallait pour être heureux.

Coumba : Ça m'étonnerait beaucoup mais bon, si tu le dis...

Elle allait raccrocher. Je paniquais, tout d'un coup.

Moi : Comment va Marie ?

Coumba : Elle est toujours là, tu veux lui parler ?

Je n'en avais pas follement envie mais je l'avais laissée dans une bien mauvaise posture et je voulais être sûr qu'elle allait bien.

Moi : Oui, passe-la moi s'il te plaît.

Marie : Tu es là ?

Moi : Oui, Marie, ça va mieux depuis l'autre soir ? Tu avais l'air très agitée, est-ce que tu te souviens de ce qui est arrivé ?

Marie : Je ne sais plus... mais reviens, s'il te plaît !
Moi : Pourquoi ? Je n'ai passé que des mauvais moments là-bas, pourquoi j'y retournerais ?
Marie : Si tu ne reviens pas, je vais devoir rester ici...
Moi : Quoi ? Ils ne te laissent pas partir ?
Marie : Je leur ai fait peur et ils veulent pas que j'aille me répandre partout, en plus, ils disent que si j'essaie de partir, ils seront obligés de me livrer à la police.
C'est vrai que Marie avait confessé toutes sortes de choses qui pourraient sans doute l'envoyer en prison, mais certaines n'avaient pas de sens et il n'y avait aucune raison que ce soit vrai. C'était des délires ou des fantasmes. Rien de concret.
Moi : Tu délirais, Marie, tu n'as rien fait de tout cela.
Marie : Je ne sais pas... écoute, reviens juste une fois, rappelle-toi notre petit moment d'amour.
Moi : Tu n'as pas besoin de me dire ça...
Marie : J'ai besoin que tu reviennes, et ils me laisseront partir. Coumba fait même oui de la tête. Ivan ne me répond jamais quand je lui parle, il ne fait que répondre à mes besoins...
Moi : Il était déjà comme ça avant, Marie.
A ce moment, Marie eut un léger sanglot dans la voix et elle parla plus bas après un long silence.
Marie : Tu vas venir, n'est-ce pas ?
Coumba reprit alors le téléphone.
Coumba : Désolée mais je ne peux pas vous laisser bavasser pendant des heures, mon crédit s'en va.
Moi : Je viendrai.
J'entendis Coumba lâcher un petit soupir de satisfaction.
Coumba : Et Fatou sera là, elle aussi. À bientôt.
Elle raccrocha. Je n'allais pas y échapper. Je serai à cette soirée, et Nathalie aussi. Cela avait lieu le lendemain soir. Il me restait moins de deux jours pour la convaincre de venir y assister.
Avant de la retrouver en fin d'après-midi, j'allais choisir quelques fleurs pour lui faire plaisir, ne connaissant pas le nom des fleurs ni leur langage, je m'arrêtai sur de jolis spécimens d'un bleu très vif. Les pétales, à mesure que l'on regardait à l'extrémité de la fleur, semblaient tirer sur le mauve. Lorsque je retrouvais Nathalie, elle fut à nouveau folle de joie, et les fleurs firent sur elle l'effet que j'attendais, elle m'embrassa tendrement et me dit, avec un ton sérieux et profond dans la voix : « Je

crois que je t'aime » Puis, l'instant d'après, elle eut comme un rire bloqué dans sa poitrine qu'elle étouffa en se laissant tomber dans mes bras. On aurait dit qu'elle était gênée, que l'expérience était nouvelle pour elle. En fait, toute expérience lui semblait toujours nouvelle. Dans le métro, elle griffonnait sur son carnet des petits poèmes, ou plutôt des petites impressions qui l'avaient parcourue quand elle avait reçu les fleurs. Elle accepta de me les faire lire : « Il y a du bleu dans mes mains et du rose dans mon coeur. » écrivait-elle, et au dessus « Est-ce que tu veilles sur mon sommeil ? Je me rendors comme dans tes bras. », puis « Je voulais faire l'amour, c'est l'amour qui m'a faite ». Son tout dernier était « C'est le baiser des nageurs qui se noient sans crainte ; presque désespéré. » Une fois à la maison, je lui préparai un poulet au maïs qui fit très bonne impression. Et, alors que nous mangions, je lui parlai des soirées de Miss Patay, qu'on s'y amusait, qu'il y avait toujours des choses excellentes à manger. Elle fit un peu la moue, elle comptait m'inviter à une soirée dansante demain soir. Je lui assurai alors que nous pouvions y aller. Les soirées de Miss Patay ne démarraient jamais avant deux heures du matin. L'heure la rebuta un peu mais elle se laissa convaincre quand je lui dis que j'étais un grand habitué et que mes amis allaient tous là-bas. Il était convenu que nous irions d'abord nous promener près des quai de Seine, à côté du Jardin des Plantes, puis nous irions au bal et enfin, nous passerions chez Miss Patay en fin de soirée. C'était un programme chargé et nous nous offrîmes une grasse matinée. Vers treize heures, elle me poussa à sortir de ma soyeuse robe de chambre pour sortir. Après avoir préparé des sandwichs, nous descendîmes avec le Réseau Express Régional jusqu'à la Gare d'Austerlitz. Puis nous marchâmes le long de la Seine en nous tenant la main, profitant de cette après-midi charmante et soleilleuse. En passant devant ce qui ressemblait à un mini-amphithéâtre, nous vîmes deux comédiens s'entraîner à une scène. C'était une scène d'amour, je ne reconnaissais pas l'auteur. Un homme entre deux âges était assis et les regardait jouer. C'était apparemment le début de la scène car cet homme venait de se rassoir.
Le comédien : Aurore ! Aurore !
La comédienne s'avança alors sur la scène en marchant

dignement. Alors l'homme assis lui dit de s'arrêter.
Le metteur en scène : Pourquoi est-ce que tu marches comme ça ?
La comédienne : Parce que... bah parce que je suis une grande dame, donc je me déplace avec dignité.
Le metteur en scène : Mais cet homme là, c'est qui pour toi ?
La comédienne : C'est l'homme que j'aime, un chevalier.
Le metteur en scène : Alors cours vers lui, va te jeter à son cou, si tu l'aimes ! Est-ce qu'on aime vraiment si c'est les convenances qui passent en premier lorsque nous sommes seuls ? Laisse éclater ta joie, je veux la voir sur ton visage !
Je jetais un regard affectueux à Nathalie mais elle ne me le rendit pas, trop occupée à regarder le visage de la comédienne avec fascination.
Le metteur en scène : On reprend.
Le comédien : Aurore ! Aurore !
La comédienne arriva cette fois presque en courant, avec une expression de joie sur son visage, légèrement surfaite.
La comédienne : Quelle est donc cette femme ?
Le metteur en scène : Plus d'inquiétude, s'il te plaît.
La comédienne : Alors, je suis inquiète ou je suis contente ? Si je suis inquiète, je vais être froide.
Le metteur en scène : Tu as deux vagues contradictoires qui se heurtent quand tu le vois, tu es heureuse qu'il soit là, tu l'as attendu toute la soirée et enfin tu le retrouves. Mais tu l'as vu avec une autre femme et cela te rend soupçonneuse, jalouse. Ces deux sentiments doivent arriver à leur paroxysme dans ta phrase. Mets toute la chaleur dans ton mouvement, dans l'ouverture de tes bras, dans ton sourire puis laisse ton sourire se crisper avec tes doigts alors que tu lui attrapes les mains.
La comédienne : D'accord.
Le comédien : Aurore, Aurore !
La comédienne : Quelle est donc cette femme ?
Elle avait suivi les consignes à la perfection et son attitude était à présent celle d'une jeune fille qui aurait sans doute servi le thé à la maîtresse de son amant en maintenant un sourire de circonstance. On sentait son inquiétude, son agacement et pourtant rien ne pouvait laisser penser sérieusement qu'elle n'était pas contente de le voir.
Le comédien : Quelle femme ?

La comédienne : Celle qui était tout à l'heure avec toi.
Elle ouvrit les bras et exagéra la jalousie, mais, voyant le regard du metteur en scène, elle se reprit et le dit d'une manière plus douce, ne laissant sa méfiance que comme un léger coulis sur un gâteau de tranquillité.
La comédienne : Celle qui était tout à l'heure avec toi.
Le comédien : Comment sais-tu cela, Aurore ?
Je me mis à serrer la main de Nathalie, qui répondit avec la sienne.
La comédienne : Cette femme est ton ennemie, Henri, n'est-ce pas ? Ton ennemie mortelle !
Le comédien eut un petit rire et il se fit reprendre, puis se contenta d'afficher un sourire bienveillant et de prendre une voix paternelle.
Le comédien : Pourquoi penses-tu qu'elle soit mon ennemie, Aurore ?
La comédienne : Laissons cela, et dis-moi bien vite pourquoi je suis restée prisonnière au milieu de cette fête ? Avais-tu honte de moi ? N'étais-je pas assez belle ?
Le metteur en scène : Là, tu retires ton domino et tu offres ton visage à son regard. Voilà, et toi, tu es en admiration totale, elle est splendide, c'est comme si elle était nue. Tu peux l'imaginer, là ?
Nathalie rit doucement en voyant la comédienne prendre une moue vexée.
Le comédien : Pas assez belle ! Toi, Aurore ? Ah, vraiment, je te prie de me dire pourquoi tu as pensé que cette femme était mon ennemie.
La comédienne : Voilà que tu m'effrayes ! Est-ce que ce serait vrai ?
Elle faisait monter son émotion, elle semblait maîtriser parfaitement les signes de la tristesse et de la peur. Je sentais le coeur de Nathalie battre plus fort. Le comédien posa alors sa main sur l'épaule de sa partenaire.
Le comédien : Aurore, il ne faut rien dire contre cette femme.
Le personnage féminin éclata alors et la comédienne, lui abandonnant son corps, tombait au genoux de son partenaire et lui griffait presque le dos.
La comédienne : Au nom du ciel, qu'y a-t-il ?
Le comédien mit alors sa tête dans ses mains, elle tenta de jeter

ses bras autour de son cou et il la repoussa comme avec effroi.
Le metteur en scène les encouragea à ce moment à se lâcher.
Le comédien : Laisse-moi ! Laisse moi ! Cela est horrible ! Il y a une malédiction autour de nous !
La comédienne : Tu ne m'aimes plus, Henri !
Le comédien, avec l'air d'un fou, se mit à ce moment à se tordre les bras, et, comme ragaillardi par notre présence, il en fit encore plus et éclata d'un rire douloureux. On aurait dit qu'il avait trop bu.
Le comédien : Ah ! Ah ! Ah ! Je ne sais pas, sur l'honneur ! Je ne sais plus ! Qu'y a-t-il dans mon cœur ? La nuit, le vide ? Mon amour, mon devoir, lequel des deux, conscience ?
A ce moment, Nathalie lâcha ma main et se mit à marcher au loin. Le metteur en scène, qui n'avait pas remarqué ce geste, félicita simplement ses comédiens et leur proposa de refaire la scène en canalisant davantage leurs émotions pour faire passer au public d'autres détails de cette scène. J'entendis à peine ce qu'il disait car je m'étais mis à suivre Nathalie sous les ponts et sur les chemins mi-verdoyants mi-pierreux des quais. Elle s'était mise sous un arbre, le souffle rapide, je m'approchais d'elle, un peu inquiet.
Nathalie : Pourquoi toujours des drames ?
C'était un cri du coeur. Les déchirements de l'amour la mettaient en rage. Elle ne voulait pas en entendre parler, au risque que les jours lui semblent fades. Je la consolai un moment et elle me raconta qu'elle voulait un amour solide, un amour qui ne porte pas de secrets, qui puisse se dire et se penser tel qu'il est, avec ses faiblesses. Elle voulait un amour qui soit sensation continue, et non pas drame, qui ne se termine pas avec le dernier acte. Que ce soit comme le fil d'une pensée, comme l'air qui caresse parfois le visage et qui, parfait, même plus calme, reste en suspension. Que ce soit comme l'eau qui entoure le corps et s'infiltre où elle peut, qu'il ne fallait pas la laisser devenir glacée. La tiédeur, voilà ce qu'elle voulait, la douce tiédeur du bain et du lit.
Nous quittâmes les quais vers dix-huit heures. Le bal nous attendait, et Nathalie m'apprit les danses, pour que je puisse participer. J'appris beaucoup plus vite que je ne croyais. Depuis quelques temps, mon corps m'était beaucoup plus disponible, et, surtout pendant la soirée, j'en sentais chaque point pourvu

que je me concentre. Mais j'avais besoin de toujours satisfaire mon appétit. La danse m'échauffa, et j'embrassai Nathalie de manière presque indécente, alors que l'orchestre jouait des airs qui nous transportaient dans une autre époque. Ah, c'est fou ce que les boîtes de nuit ne me manquaient pas ! La fin de soirée arriva vite et il fut temps de rejoindre la Bastille. Nathalie était épuisée et me demanda si cela allait durer longtemps.

Moi : Non, d'habitude, cela finit assez rapidement. Mais tout le monde est souvent très détendu, avec la fatigue peut-être.

Il n'y avait cette fois pas le moindre de mes amis près de la bouche du métro. Je commençais à m'inquiéter. La soirée avait peut-être été annulée. Pourtant, vers deux heures cinq, alors que Nathalie s'endormait sur mon épaule, je vis arriver Michaël, vêtu d'une chemise hawaïenne et d'un short. Il nous fit signe de le suivre. Pour rassurer Nathalie, je lançai les civilités.

Moi : Ça va ce soir, Michaël ? Tu sais comment ça va se passer ?

Michaël : Ce sera sans doute la meilleure soirée qui ait jamais été. Suivez-moi.

Il n'était pas très causant, mais sa tenue à elle seule suffisait à amuser Nathalie qui pensait sans doute que nous allions boire du jus de coco avec des colliers de fleurs autour du cou. Mais tout compte fait, rien ne m'aurait surpris avec Miss Patay. Alors que nous marchions jusqu'à l'immeuble, Nathalie me confia qu'elle aimerait devenir comédienne. Je l'encourageai à suivre son rêve si elle n'avait pas peur des émotions fortes. Pour toute réponse, elle se mit à m'embrasser. Michaël baissait la tête, contrit, il avait l'air terriblement préoccupé. Je n'osais pas lui demander ce qui n'allait pas. Décidément, il m'était devenu parfaitement hermétique.

Le salon me semblait totalement changé, je le voyais couvert de tentures dorées ; de ci, de là, une étoffe teintée d'orange, un rideau aux tendances violettes. Sur la petite table, plusieurs bouteilles d'hydromel et dans les assiettes, des escalopes pannées et des cacahouètes grillées. Un grand plat contenait un poulet Maffé qui exhalait une odeur lourde et appétissante.

Tout ce luxe, du moins ce luxe de façade car ces tissus n'étaient en fait pas bien chers, fit une impression curieuse sur ma belle Nathalie. Elle parcourait le salon des yeux, à présent tout à fait réveillée, prête à goûter à ces mets délicieux. Dans l'escalier, je vis Coumba, accompagnée de sa cousine qui me fit un petit clin d'oeil en descendant. Je détournai la tête pour dissimuler ma honte. Cette passante-là, en ces lieux précis me semblait incongrue. On me tendit de l'eau. « Merci », fis-je à Ivan qui venait de sortir de derrière l'aquarium. La murène tachetée était revenue ici, toujours prompte à montrer ses petites dents. J'avais l'impression d'en distinguer une deuxième au fond mais je n'en étais pas sûr. Coumba et Fatou étaient à présent dans le salon, elles saluèrent Nathalie avec de grands sourires. Je me sentais moyennement à l'aise. Puis elles s'assirent sur le canapé et nous engagèrent à faire de même. Fatou se bourra littéralement de cacahouètes, elle adorait ça. Coumba se porta plutôt sur le poulet et en partagea un bon morceau avec Nathalie. Quant à moi, je dévorai l'escalope après l'avoir saupoudrée de quelques épices, à défaut de citron. Je me demandais quand Miss Patay allait paraître cette fois, elle ne mangeait jamais avec nous.

Moi : Coumba, est-ce que tu sais où est Miss Patay ?
Coumba : Elle prépare. Il va y avoir de l'action ce soir.
Nathalie releva la tête.
Nathalie : Quelle action ?
Coumba : Je sais pas, elle me dit rien à moi. Eh, tu trouves pas qu'on se ressemble ?
Nathalie : Oui c'est vrai, un petit peu.

Nathalie était plus svelte que Coumba mais elles avaient toutes les deux des pommettes assez marquées. En les voyant toutes les trois sur le canapé, qui parlaient ensemble, j'avais l'impression d'une réunion de famille ou entre amies de longue date. On aurait dit des allégories. C'est vrai qu'elles étaient toutes les trois très belles. Je me surpris, étant assez proches d'elles, à me laisser envahir par leurs différentes odeurs, qui semblaient dire quelque chose de leur environnement, et s'accordaient parfaitement. Nathalie sentait encore la terre et l'herbe des chemins des quais de Seine, Coumba avait encore sur sa peau les senteurs de la cuisine et des produits d'entretien qu'elle manipulait, et la petite Fatou une odeur constituée des divers parfums dont elle faisait de curieux mélanges sur elle : un parfum de grande marque avec une eau de toilette aux fruits. Et ça marchait. Je pris soudain les jambes de Nathalie pour les mettre sur mes genoux, alors, nos deux compagnes aidèrent mon mouvement, tant et si bien que sa tête se retrouva sur les genoux de Coumba et son dos sur ceux de Fatou. C'était la parfaite position pour trouver un sommeil bien mérité, semblait se dire mon adorable Nathalie alors qu'elle fermait les yeux. Cette scène splendide, touchant au sublime, fut interrompue par Marie – toujours elle – qui descendait l'escalier avec un regard vide. Elle avait deux petites marques aux poignets et venait nous rejoindre pour manger. Nathalie eut un sursaut en la reconnaissant et se raidit puis elle sembla se dire que c'était normal, mon ex et moi fréquentions les mêmes soirées, il n'y avait rien d'étrange à cela. Marie semblait très concentrée et se trouvait plus apaisée que la dernière fois au téléphone. Elle mangeait doucement, comme si elle devait prendre de grandes forces.

Coumba : Marie, je te présente Nathalie et Fatou.
Marie : J'ai déjà vu Nathalie. Elle a sûrement plus de potentiel que moi...

Nathalie fut vexée de cette pique et à partir de ce moment, la snoba ostensiblement. Fatou, à présent qu'elle n'avait plus de cacahouètes, s'ennuyait et étendait ses jambes jusque sur la table en baillant bruyamment. Coumba leur proposa d'aller voir la grande baignoire de la salle de bain. Nathalie fut enchantée et les filles suivirent. Marie se tourna vers moi.

Marie : Miss Patay m'envoie te dire qu'elle aimerait que tu ailles chercher du champagne à la cave avec Michaël. Tu veux bien ?

J'acceptai, n'ayant rien de mieux à faire, quoiqu'un peu déçu de ne pas voir, moi aussi, cette splendide salle de bains qui sentait si bon la dernière fois. Je descendis alors, et cherchai la cave de Miss Patay. Michaël me suivait en traînant les pieds. Nous finîmes par ouvrir le box et je vis alors, devant moi cette cave bizarre, qui renfermait, il faut le dire, un incroyable bazar. Des sacs de riz remplis d'épices se déversaient sur des tas de vêtements, des kimonos dissimulaient des statuettes, de grands draps laissaient voir la silhouette de vieux aquariums vides, ensevelis sur des tentures de toutes les couleurs. D'abord désespéré et épuisé, je voulus renoncer mais je trouvais finalement assez vite le caisson de champagne sous une pile de vieux soutiens-gorge bleus. Je voulus alors remonter mais Michaël m'attrapa et me retint, à moitié en larmes. Je lui dis de s'écarter mais il me propulsa contre une pile d'assiettes qui vacilla.

Moi : Tu es malade ou quoi ? Il y a quelque chose qui va pas dans ta tête !

Michaël : Tu pourrais me dire aussi, que tu changes de petite copine comme de chemise !

Moi : Mais, pour l'amour du ciel, qu'est-ce que ça peut te faire ?

Michaël : Ce que ça peut me faire ?

Il envoya un coup de poing et cassa une partie de la verrerie, il s'était blessé au poing. J'essayais de partir mais il me plaqua contre le mur, ses grands bras maintenaient mon torse immobile et je sentais sa main passer autour de mon cou alors que sa respiration doublait d'intensité et que son coeur semblait prêt à exploser. Finalement j'eus le réflexe d'envoyer un grand coup de pied contre le mur et de pousser, il perdit l'équilibre et tomba sur un monceau de tapis. Je courus sans demander mon reste. Alors que je remontai l'escalier, je l'entendis pleurer.

Je montai ensuite les escaliers quatre à quatre et rentrai à nouveau dans l'appartement. Dans le salon il ne restait plus que Marie qui faisait des avances à Ivan, il lui répliquait de temps en temps par une claque. Mais Marie ne se décourageait pas, au contraire, elle passait sa main sur sa joue chaude et repartait à l'assaut. Son visage rougissait et elle riait. Quand elle me vit, elle ne s'intéressa plus à Ivan et se jeta sur moi en me griffant le torse comme si elle voulait faire l'amour tout de suite. Échauffé et méfiant, je la repoussai brusquement et je montai l'escalier.

Marie : Tu vas voir, fais attention, c'est moi qui vais te...

Je n'entendis pas sa phrase, je venais de refermer la lourde porte de la salle de bain. La lumière n'était pas allumée et je sentais seulement une lourde odeur de menthe et beaucoup de vapeur. Mon pied heurta quelque chose. C'était Fatou qui était allongée sur le sol, comme ivre, presque nue, comme si elle ressentait une intense félicité. Elle frissonnait à chaque fois qu'une goutte de sueur perlait sur son front. C'était impossible, que s'était-il donc passé en quelques minutes ? Un rire glaçant éclata. Coumba était debout, raide et fière, dans ses vêtements trempés et s'apprêtait à commencer une série de flexion-extension dans la cabine de douche. Je cherchai Nathalie, et je finis par la trouver, dans l'eau du bain, complètement

recroquevillée, nue, au milieu de l'eau. Elle avait les mains sur ses oreilles et elle parlait toute seule à voix très basse. Je pris alors la décision de me déshabiller et d'aller la retrouver. Je mis doucement ma main sur son dos pour la rassurer, mais cela échoua et elle se mit à trembler. Elle pleurait et claquait des dents alors que l'eau était chaude. Je la pris alors dans mes bras, elle n'arrivait pas à me regarder et était prise de convulsions ; ses mains pressaient violemment ses oreilles comme si une musique infernale la tourmentait en elle. Elle se balançait, donnait parfois des coups de pieds qui éclaboussaient les deux autres femmes, qui semblaient ne pas s'en rendre compte. Je remarquais des similitudes à cet instant entre le comportement de Nathalie et celui qu'avait eu Marie la dernière fois. Je me retournai brusquement. Miss Patay venait d'allumer la lumière. Elle avait un large sourire, son mascara commençait à fondre sous l'effet de la vapeur. Elle avait entre les mains un gros bocal dans lequel je puis distinguer ce poisson que je ne connaissais que trop : la murène tachetée.
Miss Patay : Alors, tu as vu mon magnifique tableau ?
Elle retira sa sandale droite et avança vers la baignoire. Fatou lui attrapa brusquement la cheville et Miss Patay, qui perdait l'équilibre, s'appuya sur le dos de Coumba, puis, elle dégagea délicatement sa cheville en présentant à Fatou son pied à lécher. Cela la rendit très calme et elle s'exécuta. La scène me dégoûtait et j'exultais de rage.
Moi : Mais enfin, pourquoi avez-vous fait cela, qu'est-ce que vous voulez prouver ? Vous ressemblez juste à un maudit gourou qui transforme ses fidèles en chiens !
Miss Patay : Doucement, doucement. Tu réfléchis pas à ce que tu dis. Je suis désolée si ça te choque que Fatou me lèche le pied mais rappelle-toi : ce que tu as fait avec elle n'est pas moins sale.
Je ne voulais pas tergiverser.
Moi : Où est le fameux potentiel dont vous me parliez ? Elles sont là, ces filles, complètement désorientées, à moitié folles! Qu'avez-vous donc révélé ? Que quand une fille pleure, j'essaie de la consoler ? Bravo !
Miss Patay : Écoute-moi bien. Chacune de ces trois grâces a reçu un breuvage différent. La première a bu ce que j'appelle l'Elexir de volupté, il est d'un rouge vif et fait bouillir le sang

jusqu'à un abandon total du corps afin que celui-ci soit disponible à toutes les sensations. Tu as eu l'occasion de le tester lors de ta première venue. La seconde, que tu vois si sportive à présent, a pris de mon breuvage jaune, la Potion de rigueur, si bien qu'elle accentue à présent chez elle tout le mécanique : rire, sport, rigidité, elle fait taire l'esprit pour laisser au corps une maîtrise parfaite. Enfin, la dernière que tu as dans tes bras a bu de ma liqueur bleue, la Liqueur des âmes blessées. Ce nom m'est venu quand j'ai vu la manière dont Marie y réagissait. Elle fait ressortir toutes les émotions et abaisse nos barrières inconscientes : c'est la plus puissante de toutes et chacun y réagit différemment. Séparées, ces potions n'ont d'effet que dans un temps très limité ; mélangées, leurs effets sont irréversibles. Tu me paraissais l'être idéal pour tenter de voir ce qu'il adviendrait si les trois boissons venaient à être absorbées par la même personne.
Tout devenait limpide, c'était clair, absolument clair. Je ne voulais pas me plier à cela, je n'avais pas envie de découvrir ce soi-disant potentiel. Ce n'était qu'une suite de drogues compliquées qui ne pouvaient que faire du mal.
Moi : Jamais, vous entendez ? Jamais !
Miss Patay eut un petit sourire triste. Elle se tut un instant. On n'entendait plus que les souffles réguliers des trois grâces qui, toujours sous l'emprise des boissons, se répandaient dans les efforts, l'émotion ou l'abandon. Miss Patay me montra alors le bocal.
Miss Patay : Ce qui me fascine chez ce poisson, c'est qu'on ne sait rien de lui. Mange-t-il des cadavres ? Attaque-t-il pour se protéger ou simplement par agressivité ? On ne sait presque rien de sa reproduction, car il fait cela la nuit, au fond de l'eau, sans lumière...
Elle eut comme un hoquet et laissa tomber le bocal dans la baignoire. Nathalie se mit à hurler, elle n'arrivait pas à se mettre debout et le poisson tournait maintenant autour d'elle.
Miss Patay : Oh, je suis si maladroite, pauvre petit poisson, ce sera trop chaud pour lui, là dedans...
Je mis alors mes bras autour de Nathalie et tentait de la lever pour la sortir de cette baignoire mais rien n'y fit.
Moi : Miss Patay !
Miss Patay : Oui, mon garçon ?

Moi : Est-ce que Nathalie n'en a pris qu'un seul ?
Miss Patay : Quoi ?
Moi : Est-ce qu'elle n'a bu qu'un seul de vos trucs ?
Miss Patay : Oui, un seul... par contre ce n'est pas le cas de tes amis, ils ont chacun tenté une combinaison. Je leur avais pourtant dit de se modérer. Tu peux remercier le ciel, ou au moins le hasard, que j'ai pu leur confisquer à temps.
A ce moment, cet horrible poisson me mordit la cuisse. Le sang semblait l'exciter, je tentais à tout prix de protéger le corps de Nathalie de ces morsures et je tirais, tirais pour la sortir.
Miss Patay : Mon garçon, je n'en peux plus, ce pauvre poisson ne se sent pas bien là-dedans. Je vais t'aider mais il faut que tu goûtes mes deux autres boissons, vraiment, tu aurais tout perdu si tu n'essaies pas. Et avec ça tu pourras la sortir...
Mes muscles commençaient à lâcher, et la murène avait agrippé la jambe de Nathalie qui criait. Il fallait sortir de là.
Moi : Donnez-moi votre truc, et vite !
Miss Patay, avec une intense satisfaction, approcha deux petites fioles de ma bouche, de couleur jaune et bleue, elle les ouvrit pour en verser le contenu dans mon gosier. Mais elle tomba. Marie venait d'entrer, et de se jeter sur Miss Patay pour lui arracher les fioles. Miss Patay se cogna la tête et tout d'un coup la murène s'arrêta de bouger et commença à s'éloigner vers le bord. J'avais réussi à atteindre le bouchon du bain et à commencer à vider l'eau. L'affreux poisson, quand l'eau commença à manquer, se tortilla de douleur, et Miss Patay toussait. Marie, les deux fioles à la main, se sentait à présent comme une déesse sortie de son coquillage. Elle jeta ses vêtements à terre et but d'un trait les deux fioles.
Aussitôt, elle commença à se tordre de douleur, hurla, alla se jeter contre le miroir la salle de bain. Nathalie, toute tremblante, se bouchait les oreilles. Marie hurla des mots affreux tout en s'arrachant les cheveux, tirant sur son visage, sur ses seins, hurlant qu'elle ne voyait plus rien. Elle trébucha sur Fatou endormie et tomba à la renverse dans le couloir, les lèvres entrouvertes, humectées d'une mousse blanchâtre. La murène disparut dans l'évacuation de la baignoire. Ivan, en montant l'escalier, jeta un regard désinvolte sur Marie, puis lui donna un coup de pied dans l'épaule avant d'aller s'étendre dans la chambre de Miss Patay.

Cette dernière était toujours étendue sur le sol, un peu tremblante. On entendit de rudes coups frappés à la porte.
Une voix : Police, ouvrez !
Je vis alors Ivan se lever tranquillement et descendre ouvrir comme à n'importe quel invité. Il tint la porte à l'agent de police qui entra escorté d'un jeune et d'une femme d'une trentaine d'années, tous deux ses collègues. Le jeune maintenait Michaël qui saignait et la femme commençait déjà à inspecter le salon. L'agent de police arriva près de Nathalie et moi, il regarda dans le couloir et soupira en voyant le corps de Marie.
L'agent : Elle est morte.
Miss Patay, en entendant la voix de l'agent, se releva péniblement.
L'agent : J'avais bien dit que je finirais par te coincer Clarisse. Faut que t'arrêtes les fines parties, ça te réussit pas, tu creuses tes rides.
Miss Patay : Mon nom, c'est Ani. Note-le dans ton rapport.
L'agent : Sans plaisanter ! Clarisse qui donne son vrai nom, je n'en attendais pas tant ! Et dire que je pensais qu'on devrait faire une longue fouille et appeler l'ambassade de Thailande... tu vas en prendre pour plusieurs années, je pense. Je suis désolé pour tes chalands.
Miss Patay : Il n'y a pas de quoi.
L'agent : Tu l'as empoisonnée avec quoi ?
Miss Patay : C'est elle qui s'est empoisonnée. Elle a été idiote. Qui sait ce qui se serait passé si elle en avait pris les trois ? J'aurais eu une chance de voir comment se comportait l'être parfait. A quatre, elle ne pouvait qu'y passer...
Marie avait donc bu deux fois la Liqueur bleue, cela n'était pas étonnant qu'elle soit morte de sa crise. Nathalie, quant à elle, avait réussi à se calmer et gardait simplement les yeux ouverts, comme hantée. Tout devenait clair : Ivan était devenu pervers et violent en associant le jaune et le rouge, Michaël bipolaire avec une association bleue et jaune et enfin Marie avait montré des signes de nymphomanie en mélangeant rouge et bleu.
L'agent : Vous feriez mieux de sortir, les jeunes, vous allez être interrogés au poste.
Quelques jours plus tard, Nathalie et moi, désormais fusionnels depuis notre petite aventure dont elle n'avait pas grand souvenir, retrouvions Michaël dans un café.

Moi : Ivan n'est pas là ?
Michaël : Il peut pas. Il a été pris pour tourner dans un film un peu...spécial.
Moi : N'en dis pas plus.
Nathalie fit une moue dégoûtée et but une grande gorgée de limonade.
Michaël : Miss Patay va être mise sous les verrous, elle est passée en comparution immédiate. Le journal dit que nous n'étions que des victimes. Coumba a pris aussi deux ans mais avec sursis. Tous ses produits ont été saisis et détruits.
Je réfléchissais. Pourquoi Miss Patay tenait-elle tant à voir l'effet de son mélange sur l'un d'entre nous ? Cherchait-elle un idéal, l'écho d'elle-même ? De ce qu'elle avait réussi à maîtriser pendant ces étranges messes ?
Moi : Tu crois que Miss Patay avait déjà bu ses trois préparations ?
Michaël : Il n'y en a pas deux comme elle. Peut-être. On le ne saura jamais.

FIN

© 2015, Imago des Framboisiers

Edition : BoD - Books on Demand
12/14 rond-point des Champs Elysées, 75008 Paris
Imprimé par Books on Demand GmbH, Norderstedt, Allemagne
ISBN : 9782322044702
Dépôt légal : Décembre 2015